小街连云

王跃 著

中国书籍出版社
China Book Press

图书在版编目（CIP）数据

小街连云 / 王跃著 . -- 北京：中国书籍出版社，2022.4
　　ISBN 978-7-5068-8887-5

Ⅰ . ①小… Ⅱ . ①王… Ⅲ . ①散文集—中国—当代 Ⅳ . ① I267

中国版本图书馆 CIP 数据核字 (2022) 第 017860 号

小街连云

王　跃　著

图书策划	成晓春　崔付建
责任编辑	武　斌
责任印制	孙马飞　马　芝
出版发行	中国书籍出版社
地　　址	北京市丰台区三路居路 97 号（邮编：100073）
电　　话	（010）52257143（总编室）（010）52257140（发行部）
电子邮箱	eo@chinabp.com.cn
经　　销	全国新华书店
印　　刷	三河市华东印刷有限公司
开　　本	880 毫米 ×1230 毫米　1/32
字　　数	225 千字
印　　张	8.125
版　　次	2022 年 4 月第 1 版
印　　次	2022 年 4 月第 1 次印刷
书　　号	ISBN 978-7-5068-8887-5
定　　价	48.00 元

版权所有　翻印必究

谨以此书献给我的父亲!

目 录
Contents

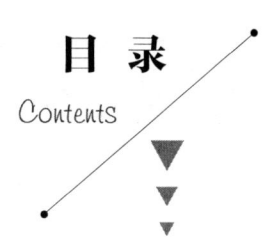

第一辑 小街连云

小街连云 / 002

哦，大松树 / 007

山上人家 / 010

庙岭山，一座不沉的山 / 013

山涧如画 / 018

宁把他乡作故乡 / 022

带泥的黄钳蟹 / 026

电影院，飘着栀子花的香 / 029

花事缤纷 / 033

飘荡的海军蓝 / 044

朝鲜女人 / 047

会绣花的男人 / 050

冬梅与她的奶奶 / 054

我的父亲 / 057

我的妈妈也流泪 / 066

连云老街 / 070

饭苍蝇 / 073

若断若连多少年 / 076

杯子里的春天 / 081

花朵，开在石头上 / 084

这里有泉水 / 088

山螃蟹 / 092

我在果城里，等你 / 096

连云小巷 / 100

第二辑　眺望乡愁

我美好的乡村时光 / 110

豆角花开 / 117

紫云英 / 121

插柳戴柳 / 124

放　水 / 127

目 录

菊花满头 / 131

灯如豆 / 135

那一年，我们在捉癞蛤蟆 / 139

玻璃糖纸 / 142

无用的装点 / 145

鸡叫与乡愁 / 148

河上花正开 / 151

冬天的声音 / 156

过寒菜 / 159

第三辑　人闲花落

春天的花园 / 164

捡来的风景 / 170

丑　猫 / 173

倒下的菊花 / 176

像鸟一样偷窥 / 179

与一个瓜相遇 / 182

笑破肚皮的浆果 / 185

花园里的麦子 / 188

溜进园子里的风 / 191

家有小院 / 194

花盆里的蒜苗 / 198

乒乓菊与玫瑰花 / 201

白糖拌腐乳 / 204

秋风起芦花白 / 207

一颗诗心 / 210

在矮墙上睡觉 / 213

写给冬天 / 216

春天的花儿为谁开 / 220

甜蜜的负担 / 224

婚姻如碗 / 227

乌桕树上开"梅朵" / 230

又见桃花开 / 233

梨花一枝春带雨 / 236

白果树村里慢时光 / 239

后　记 / 243

第一辑

小街连云

小街连云

二道街是一条不见自行车的街道。

中国虽素有"自行车王国"之称,但是在我们二道街,你不会见到自行车,一辆也见不到。因为见不到自行车,二道街的孩子也不会骑自行车。不会骑自行车,在别处也许是个笑话,但是在二道街骑自行车有可能是个"笑话"。

自行车在二道街是稀罕物,即使有一天出现了,也是哪个冒失的外地人,不知所以然弄来的,很快自行车连影子也不见了,这是一条和自行车绝缘的街道。

二道街在半山腰,通往二道街的路,不是上坡,就是下坡,有时因为太陡只好改砌台阶了。自行车,无论是骑,还是推,都不是滋味。站在海边,向南望二道街,要仰着脖子,如果是阴雨天,云层厚厚地堆积在小街上空,手一伸好像就能拽一块下来。小街连云,连着云的小街,明明是在人间,看起来却像在天上,隐隐约约,飘飘忽忽。

二道街，一条扁担宽的青石板路从楼群中间穿过，把街分为上坡和下坡。山坡上的楼房，一级一级地往山上长，楼房在山坡上错落有致，有的人家明明是住在二楼，却愣没有住在前面一楼的人家高，这是山地的特点，楼与楼，上下之间有差高，有时为了让地势平缓一点，就建台阶，一级一级的。山地，实在不适宜骑自行车。二道街人上班、上学、上街不是步行就是坐车，没有人想到以自行车代步。

　　通往二道街的山路，是斜坡，有三四十度，如果你拿一个苹果不小心在上坡掉了，也只能眼睁睁地看着它飞速地向坡下滚去，等你追到坡下，说不定苹果已经被人吃进肚子里了。有一次，二道街一个卖西瓜的人尴尬了，在上坡摆瓜摊子，不小心把几个西瓜弄滚下坡了，他开始追。三四个西瓜一齐向下滚去，结果由于他慌乱，脚没注意又勾几个西瓜向下滚，形成人追瓜，瓜追人的闹剧。后来有的西瓜撞到电线杆上去了，西瓜裂开，红红的瓜汁溅得满地都是，地都笑红了脸；有的瓜咕噜咕噜滚到下水道里，跌为几瓣，咧开大嘴，乐不可支。卖瓜的人望望坡上，又望望坡下，脸气得扭成一团，歪着脖子，狠狠地吐出一句脏话。在二道街，如果你手里的东西是圆的，你一定要看好它，不然它比长脚走得还快。

　　在二道街，如果有一天某个孩子，不知从什么地方推出一辆自行车，准备骑上去试试，大人一定会大惊失色，吆喝他，不能骑，如果认识是谁家的孩子，还会火烧火燎地去敲孩子家的门，说不得了啦！你家小孩骑自行车了。父母听说后神色大变，有大祸临头的感觉，在二道街骑自行车，简直就是玩命。如果孩子是学杂技出身的,骑骑还可以。

有一年,二道街出现了一辆自行车,推车的人一看就是外地人,他是收废品的,蓬头垢面,穿着破旧的衣裳。他是二道街的不速之客,在二道街格外扎眼。

当时是冬天,通往二道街的大陡坡,被冻得惨白惨白,海风从大海上翻滚直往二道街灌。这个收废品的外地人,在二道街向坡下望了望,看样子他想骑下去,要从大坡上往下"放"。在二道街,下坡不叫"下",叫"放",放大坡,有点像放马。放马,就是信马由缰。二道街人看到,说不能啊,不能啊!像拦一个一心赴死的人。他向二道街人投去不屑的眼光,好像说,你们这些胆小鬼,连大坡也不敢放,看我的。他双手轻松地握着自行车的双把,一条腿潇洒地跨了上去,然后双腿夹紧,身子还向上纵了纵,那神态更像驾驭一匹战马。此时海风往上刮,他是顶风,可是由于坡子太陡,迎着风的他还是像开弓的箭一样向坡子下冲去。

后来二道街人提起这件事,都表情夸张,说像闪电,就是一道闪电。那天他从二道街高而陡的坡子上飞下,越过中山路,像飞越黄河的勇士一样,哐当一声,落在山脚下人家的院子里。这家人正在吃饭,怎么也想不到,院子里突然会飞进一个人。这个人,沙袋子一样倒地,瞬间就没命了。有人感慨地说,那天要是顺风的话,他可能直接就飞进海里了。

"不听劝,要骑。""唉,人要是想死啊,拦都拦不住。""简直是猪脑子,你看那么大的坡子,能放吗?"那个死了的外地人,没有博得二道街人的同情。

在二道街,自行车和凶器基本是画等号的,你说,二道街的

第一辑　小街连云

孩子敢骑自行车吗，尤其是女孩子？

一个人不可能一辈子生活在一个地方吧！长大的二道街女孩，有的要到外地生活和工作。

离二道街十多里地的墟沟镇，山下就是一大块平地，是繁华的街市，一直延伸到海边。当年我在墟沟上班，为了方便，开始学骑自行车。墟沟人会把连云镇方向的女孩骑车当作一个笑话，当然包括二道街女孩，说不会骑就罢了吧，连坐别人自行车也不会跳到后座上，一个个都是死把死地坐在后座上，有的连推也不会推。据说厂里某个男工假装有事，让一个二道街女孩，把他的28式大杠自行车推到厂里，女孩推着车，满脸惶恐，走成S形线路，后来她连S形线路也走不成了，因为她已直直地趴在倒掉的自行车上。在外地人眼中，有关二道街女孩与自行车会成为一个有趣的话题。

许多二道街女孩是在走出二道街之后，开始学骑自行车的，那时大都有二十多岁了。地势的平坦，让二道街女孩有骑车的冲动。不过不少二道街女孩，就是走出二道街也是一副和自行车有仇的样子，坚决不学，对骑车的抗拒深入骨髓，把二道街女孩不会骑车的标签进行到底。不过，不会骑车的二道街女孩离开二道街生活或工作，更容易博得男人的爱。当年连云港碱厂有不少连云镇方向的女孩，扬扬自得地坐在外地男人的自行车后座，那神态像今天坐在宝马车上的女孩。那是一个只要有爱，坐在自行车上也会笑的年代。

有一年春天，我从二道街老妈家吃过饭坐车前往墟沟镇，车上一个十八九岁的女孩，对她妈妈信誓旦旦地说："妈，搬到墟沟，我一定要把自行车学会。"我听后会心一笑，这是我们二道街人特有的语言，在别处听到也许会觉得别扭。

地形的烙印，无形中打在二道街女孩的身上，成为一个特别的标记。戴望舒笔下，那个撑着油纸伞的姑娘是江南雨巷里的一道风景，永存。不会骑车，也是我们二道街女孩的一个标记。

中国地大，每个地方有其地域的局限，难以摆脱，你只有像水一样，遇方则方，遇圆则圆，顺应器皿的形态，才能轻松地生活。在辽阔的草原，骑着骏马是幸福；在江南水乡，荡着轻舟是幸福；在我们二道街，这条时常隐没在云雾中的小街，你选择步行就会觉得很幸福。

哦，大松树

地名，是一个地方的符号。翻开中国地图，上面密密麻麻的地名，那是一个个符号。有了一个个符号，离开它的人思念才有了载体。不然乡愁何处安放。

我家住在大松树。

大松树是一个地名。

我爱大松树！这种爱像一个人爱自己的母亲，不会因为身份的不同，而有轻重之分。莫言爱他的高密东北乡，迟子建爱她的漠河小镇，马尔克斯爱他的马孔多小镇，一个无名小卒爱他的故土，孰轻孰重？

有关大松树，我依稀记得有这样的说法。很多年前，从墟沟往连云老街方向，因港口建设需要拓宽马路，大松树恰好在拓宽范围，于是树被砍刨。树被刨，名字还在，就像人，背影已远走，名声却被剪成碎片细细地走进人的记忆中。

这棵老树真的就这样走进历史的烟尘，无声无息？我做梦都想知道它的前世今生，想知道它在朗朗乾坤下意气风发的样子。后来我求助网络，一个张姓网友解答了萦绕我心头多年的疑问。这位七十多岁的网友，幼时曾经爬过这棵树，他的亲二伯家就住在大松树旁边。他甚至还补充，大松树隔马路对面的一户人家姓刘。

这棵松树有上百年树龄，是赤松，树干遒劲粗壮，两三个人合抱不过来，树冠造型优雅别致，像黄山的迎客松。阳光灿烂的日子，松树像一把绿色的筛子，筛下片片金色的光斑，在地上顽皮地跳跃。如果是夏天，在树下纳凉的人，能感觉到陇海铁路上火车呼啸而过的震颤，能享受不远处海风送来的阵阵清凉……因为树又高又粗，造型优美，所以当地人都亲切地叫它大松树。

一个"大"字，已经看出人们对这棵树的敬爱。中国人表达自己的情感，有时会用"大"字，大江大河大气魄。这棵形态优美的大松树，也是一种气魄的象征。像许多古树成为人们膜拜的对象一样，这棵松树也是当地人心目中的神树，人们对它充满敬畏。

大松树，不知不觉成了地名。有很长一段时间，这里是港口工人上下班等车的地点。大松树也成了一个站名。

"凤凰台上凤凰游，凤去台空江自流。"

我从沭阳乡下到大松树生活时，是二十世纪八十年代初，那时大松树以二道街为中轴线，有上下之分。上坡，楼房鳞次栉比，是三航五公司和港务局宿舍楼；下坡是一个个独立的院落，清一色低矮的红瓦房，石砌的墙和院落，布局十分零乱。房顶上时见废弃的渔网和悬挂着石头的缆绳，这些缆绳起到加固房屋防止海风侵袭的作用，整体看这是一个质朴而破落的渔村。坡上坡下，是繁华和落后，现代和古老的对比。渔村的搬迁改造势在必行，不过那时，这棵老树已经消失。

八十年代中期，港务局宿舍扩建，二道街下坡原有渔民村落搬迁，一栋栋宿舍楼拔地而起。渔村原先的模样，被现在的宿舍区取代，生活像翻卷而过的浪花，那耀眼的白总是在潮头闪烁。站在港口向南眺望，处在山洼子里的大松树，早已是楼房林立，安然恬静，似一幅多彩的油画。

以花草树木为地名，散发着草木的馨香。北京也有一个以松树命名的地方——五棵松。因为清代提督绍英之墓在那里，内有五棵古松而得名，后北京修地铁一号线，经过此，不过古松已死，只好刨除。现在五棵松地铁站西北出口处仍种有五棵松，以符地名。其实在连云港大松树，也可以选合适的地方，手植一棵松树，让它葳蕤，让它茁壮，当作地标，既符地名，又可以成为当地一景。无论如何，植树都是一种造化。

有人说，一棵老树的存在，不是简单的自然景观，它还负载着上苍的旨意，传达着人间的精神。是的，一棵老树，就是一块活着的化石，人世间的风云变幻，都锁在它密密的年轮里；一棵老树，就是一个饱经沧桑的智者，人世间的恩怨情仇，都藏在它缜密的心思里；一棵老树，就是上苍插到大地上的一面旗帜，人世间的凄风苦雨，都锁在它深深的褶皱里……

有老树的地方是值得流连的。

山上人家

"水抱青山山抱花,花光深处有人家。"这句诗是写苏州明月湾的。明月湾,依山傍湖,三面群山环绕,终年苍翠葱绿。其实,这句诗也适合连云港港口方向的山上人家。

相比山上人家,我家一直住在山下的宿舍楼里。到山上洗衣服,打水,采蕨菜,有时阳光晴好的日子,什么也不干,就是到山里闲逛,看看花开,看看草绿,都要漫步山上人家。

山上人家,都是自建房。在山坡上建,就地取材,用石头砌地基,一家比一家高,前面人家的地基可能和后面人家的屋脊齐平,就这样一户一户错落有致,一直建到白云生处。

站在山下看山上人家,长出的蘑菇一样,让人心焦,这爬到家要何年何月,这样爬到家要累成啥样,担心都是多余的。有路通上来,山路弯弯,蜘蛛网似的密布。山上人家的小巷,全是青石板的,泛着黑光,或细或窄,纽扣一般,把山上人家纽成一件斑斓的花衣,披在云台山北坡的山洼子里,成一幅画,诠释人间的暖。

把山上人家紧紧纽在一起的，还有羊肠小道。春天，小道两边全是不知名的野花，花朵小，各色都有，艳得扎眼，不管不顾，猛开，使出吹喇叭的劲。在山路边看野花，人浑身都是劲，想绽放，想高歌。那一刻对花有别样的理解：花朵不在大小，只要开出气势来，都美。这才明白，山上人为什么个个精神抖擞，敢情每天和野花较劲啊！

山上人家的房子，有楼房，像别墅，有中式的，有欧式的，有中西合璧的。有平房，也就是红瓦房，但是少。少有的红瓦房，让时光停留在从前。从前山上人家，商量好一样，从山脚到半山腰全是石头砌墙苫红瓦，红瓦房上缀着粗粗的缆绳，缆绳下坠着大石块，有的干脆披着废弃的渔网，用来抵挡山下海风的侵袭。红瓦房上的破网、缆绳曾是连云港山上人家的特色。

有一张照片，大概是开港前的，连云港1933年开港。照片上的房子有茅草的，有的带瓦片，但房顶上都有缆绳或网状的东西悬坠下来，看来对房屋采取这样的方式加固，是从过去沿袭来的，有山海特色，是智慧的结晶。这样的房屋，我小时候还常常见到，不过那时都是瓦屋，不见茅草屋。现在山上人家的房子，大多数更像是别墅。

无论是楼房还是瓦房，山上人家的庭院里都值得看。山上人家的院落里最常见的就是石榴，寓意"多子"，中秋前后，石榴把树枝都压弯了。其次最常见的是栀子花，几乎家家有，夏天香味往人身上扑，往鼻子上碰。至于其他的花花草草就多了去，全看主人的兴趣。但是所有的院子都不寂寞，喜欢竹子的，院子边有成片的竹林，山上人家的竹子有代表性，以金镶玉竹为主。金镶玉竹是中国四大名竹之一，是云台山的珍稀竹种，珍奇处在那黄色的竹竿上，于每节生枝叶处都天生一道碧绿色的浅沟，位置节节交错，清雅可爱。金镶玉竹是山上人家的一景。喜欢爬墙梅的，在院墙边栽种，花开时节满墙都是花，色色俱全，一串串一朵朵摇曳多姿。有喜欢月季的，有喜欢玫瑰的，在院子里自由发挥。春天到山上人家，随处都是风景。住在宿舍楼里的人，喜欢到山上人家逛逛，呼吸新鲜的空气，看看山上人家生机盎然的院落，发几句感慨。"有院子真好啊！"这是宿舍楼里人感慨最多的一句话。

山上人家是一个好去处，能让人做美梦。

有一年正月，我漫步山间，山上人家大门上过年时贴的春联鲜艳，炫目的红，在闪烁，想锁住过年时的喜庆。正月，山间的草地，羞涩地露出不易察觉的绿意，春以匍匐的姿态悄悄地进驻人间。此时的山上人家，有袅袅的炊烟升起，飘起现世的华丽，像在无声地轻歌曼舞，一切都是那么的富足、安详。

那天，行走在山上人家的小巷，初春的风以调皮的姿势扑着脸，送来浅浅的冷，像红蜻蜓顽皮地点水，然后迅疾地飞走，寻找花的影子。耳畔时而飘来山上人家的笑谈，全是生活的滋味，淡淡的，心有念想，在此有一个普通的小院，过平常人家的日月，点点滴滴都是美。

庙岭山，一座不沉的山

这座山真的很小，但我不能忘记它。希望生活在这片土地上的人，也永远不要忘记它。

它最早叫孙家山，后来叫庙岭山。

据《云台山志》记载：祇圆寺在孙家山古观音堂旧址上，初为乾隆年间鹰游山镇海寺（连岛庙前湾）僧——善受，修为下院，后为嘉庆年间法起寺（宿城）僧——德文，重修。寺庙水绕山环、林木阴翳、海上轻舟、林间异鸟、竹墩梅岭、烟岚相接，为东瀛胜境。据老辈人记述，寺庙规模达到四进院落以上，非常宏伟，香火鼎盛。庙岭山因此得名。

庙岭山呈西北至东南走势，北面山体陡峭壁立，险峻巍峨；西面延伸入海，有一天然平台，距海面两米多高，是著名的钓鱼台，传说西汉名士萧望之常垂钓于此。平台有几丈方余，台面泛着淡淡的青色。钓台石壁多有石刻，历朝名士如隋王谟、宋赵东、金宋蟠、明郭鋐等都曾留下题刻。

庙岭山离我家很近，出家门，向东沿中山路步行五分钟即至。我曾是山上的常客。

二十世纪八十年代中期，我读初中，有一要好同学，她家就住在庙岭山的南坡，仅有的一户人家。几间红色的瓦房，在山脚，成为青山的点缀，灿若宝石。一栋二层石头楼，古朴庄重，在绿树丛里隐约可见，是港务局电台。周末时，她常邀我到她家玩。山南有一台阶，向上登十多级，就到一个院子。院子被一棵棵碗口粗的马尾松包围，因为向阳，松树长得特别有生气，地上铺满厚厚的松针，若天然的棕垫。海风从山后浪潮一样涌来，整座山都像在吟唱，声音或高或低，即使是白天，也让人心悸。

一条隧道从山体穿过，隧道名字叫孙家山隧道。那时从陇海铁路终点坐车向西，必然要穿过这个隧道。

我对庙岭山真正的认知已是多年以后，尤其是读过《云台新志》以后。那时，我心里荡起层层波澜，不禁悔意丛生，当年我只需向前向前再向前，只需攀登攀登再攀登，就会成为石刻的见证者之一。可是又有多少人，仅仅因为少迈几步而错过良机，让缕缕悔意萦绕心头呢！在交通极为不便的隋代，海州刺史王谟是令人敬畏的，他乘船顶着猎猎海风，从海浪中颠簸而来。自此，钓鱼台陡峭的石壁上多了"钓鱼矶"三个大字，并且他还赋诗一首："因巡来到此，瞩海看波流。自兹一度往，何时更回眸。"文人或名士的吟唱，让一座山高大起来。

庙岭山，看似小，其实不小，有名士吟唱着它。

轰轰的炮声，伴随我童年的记忆。1982年6月10日，庙岭新港区第一期煤码头，劈山填海工程全面开工，庙岭山首次大爆破获得成功。

"轰,轰⋯⋯"庙岭山变瘦了。

"轰,轰⋯⋯"庙岭山变小了。

有很长一段时间,我是庙岭山旁的过客,我的新家安在庙岭山东侧的荷花街,每周我都要经过庙岭山回娘家。我的娘家在庙岭山西边不远处的二道街。

我们那里人,对庙岭山感受最深的是夏天。炎炎夏日,从中山路由西向东走,只要过了庙岭山头,天地就一下子变了,天更蓝了,云更白了,风一下子变凉了,无形之中像有一台巨型空调,从海上送来凉爽的风,丝绸般地从你身上滑过。大自然就是这般神奇,不由得让自称地球主宰者的人类,常常陷入沉思。

我曾驻足细细地打量,炮声隆隆中的庙岭山。刺耳的炮声过后,一股股昏黄色的烟雾缓慢地升腾,随之飘来的是一股股火药味,山上石头露出狰狞的嘴脸,龇着苍白的獠牙,似在发出怒吼,然后纵身入海,心有不甘。曾经葱郁的山头,早已变成寸草不生的荒山。

一个巨人横空出世,脚下是无数双托起的大手。

一个现代化码头羽翼渐丰,身下是一座曾经生机盎然的青山。

庙岭山碎了,庙岭山沉了,庙岭山不见了!

庙岭港区诞生了,高高耸立的吊车,像巨人的臂膀,在码头一字排开;集装箱,像座座小山,在等待装船走向世界各地⋯⋯

有一年深秋,连云港当地一诗人,在当地论坛发了一首悼庙岭山的诗,引起许多人的追怀。我想诗人也是看着庙岭山长大的吧!有一天,他恍然明白,身边的这座小山是有历史的,是有文化的，而自己一直无视它的存在。他愧疚了，心痛了，他想弥补，他想听山上石头心跳的声音，想嗅山花吐出的芳香，想吻山间清亮的溪水。他还想像古人一样手持钓竿，在明月朗照下，面对碧海青波，垂钓酣睡在海水里一摇一晃的明月，可是不可能，永远也不可能了。

爱一个人，总是在失去之后，才体会肝肠寸断的滋味。

爱一个地方，总是在面目全非后，才涌起层层叠叠的思念。

庙岭山啊，请原谅无知的小辈，曾对你熟视无睹的漠然吧！

是不是所有的现代化建设，都要以牺牲古代的遗迹作为代价呢？我耳畔响起庙岭山林间的松涛声，它悲壮有力，它雄浑铿锵，它长歌当哭。庙岭山不仅是一座山，还是大自然赐予人间的巨大音箱。世上没有乐师，能奏出它的强音。

有一年，我有幸采访港口集团建港工程师高兆福，他因为发明"爆破挤淤法"而获得国家科技发明奖和全国"五一"劳动奖章。什么是爆破挤淤法？最通俗的说法就是利用港口的淤泥造港，这样既可以使海水变清，也不用开山填海。

当时我说，如果这个方法早点发明，也许庙岭山就不用炸了吧？

他说，也许吧！

霎时，一种痛从我心底升起，低头的瞬间，我仿佛看到自己的胸腔，通红一片。

不过，高兆福是许多山头的贵人。

爆破挤淤法已经在全国各大港口推广实行，有许多山峦将得以永世沐浴阳光雨露，它们将免遭庙岭山的厄运。人啊，充满智慧的人啊,发挥你的聪明才智,挽救那些不会喊叫的文物吧!

庙岭山碎了,它沉入无边的黑暗。

庙岭港区的灯亮了,它迎接八方的巨轮。

我曾责怪当地文物保护单位有名无实,他们是历史的研究者,怎么就能忍心让名士的墨宝,葬身入海化作淤泥呢?这该要背负多么沉重的责难啊!港城人能原谅他们吗?

好的消息,像春天的花朵,在和煦的风中一朵接一朵地怒放。后来得知,隋代王谟题的字已经被有心的文物工作者制成拓片,存放在连云港市博物馆了。

庙岭山,如今只留下一个虚虚的名字,可是它已经实实地走进爱它的人的心中。

人总是在不知不觉中,成为历史的见证者。"白头宫女在,闲坐说玄宗。"

庙岭山,一座不沉的山,已经穿越历史的尘烟,在别处活了下来。

总有人像白头的宫女,在闲说"玄宗"。历史就是这样在闲说中前进,生根,沉淀……

山涧如画

在我们二道街,女人与山涧之间有怎么扯都不能扯断的联系。只要涧沟里有水,就有女人在捶捶打打,在洗洗涮涮,不一会儿,花衬衫晾起来了,花被单晾起来了,再过一会儿,呵,整个山涧里都开花了,女人们都把已经洗好的衣服,一一晾起来了。花蝴蝶们都晕了头,它们闹不明白,眼前怎么会一下子,开出这么多大朵的花儿……

山涧水洗出来的衣服,经过阳光曝晒,喷喷香,让人想咬一口。

到别处生活以后,我念念不忘二道街的山涧,每每想起,耳畔就是哗啦啦的流淌声。站在山涧,向上看是连绵起伏的云台山,向下望就是现代化的港口——连云港港。

在我看来,二道街的山涧就是一幅水墨画。夏天初始,涧沟里就淌着清亮亮的水,一开始是细细的,一场场雨后,它纤细的身子也逐渐丰满起来,往往是一场突如其来的暴雨,让它一下子肥硕起来，胖得让人不敢相信，它还有纤细娇柔的时候。尤其是特大暴雨过后，山涧里的水，像挣脱束缚的白龙，从幽深的山涧顶部急吼吼地冲下来，顺着深深浅浅的涧沟，一路高歌，直奔大海。这个时节，涧沟里可热闹了，从山脚到半山腰都有成群的女人在洗衣服，涧沟两边低矮的树上都晾着洗好的衣服，花花绿绿，像绽放的花朵。整条山涧哗哗的流水声，和女人快乐的笑声，相互交融，一会儿是水声占了上风，一会儿是笑声占了上风，山涧差点被闹个底朝天。

山涧变脏，也是近几年的事，尤其是塑料袋的大量使用。有人说，塑料袋的发明者，不亚于对地球发动了一场侵略战争，是犯罪式的发明。

有一年春天，我回家想像往常一样，到山涧去转悠转悠，每次不要说洗衣服，就是站在涧边看看那些哗哗唱着的溪水，心情也会得到滋润。

母亲说，涧沟里太脏了，都是垃圾，捶捶拖把，刷刷鞋，还差不多。要想洗衣服差不多要爬到山顶，年轻人还好说，上了岁数的人，望望山顶就打退堂鼓了。

母亲的话，让我想起一句话，说西双版纳远看像朵花，近看都是牛屎粑粑。难道让我心心念念的二道街山涧，也变了吗？

在我们的生活中，一个"变"字，常常会无声地跟随左右。人会变，变得与原来不一样，有的越变越好，有的越变越坏。

景色也会变？是的，二道街的山涧，真的变了。水流两边垃圾成堆，一股股难闻的气味从山涧飘出。

生活垃圾的增多，也是一种现代病。连青海湖如此偏远的地方，都有触目惊心的生活垃圾，何况是二道街的山涧呢？

有一段时间，大松树的山涧和有的地方一样，是不能近看的。这该是一种耻辱，一个地方的耻辱吧！

人，是不是该反思了？

初夏的一天，我回大松树看望父母。这时我吃惊地发现，涧沟里干净了，碎石呢？垃圾呢？统统不见了。不用说，有人下狠劲打扫了。

母亲说，现在可好了，创建文明城市，整条涧沟都包段到人，有专人负责清理。涧沟干净了，洗洗涮涮再也不用爬那么高了。

现在连云港的许多山涧，都得到了及时的整治，淤堵得到疏通，垃圾得到清理。普通市民在文明城市的创建中，觉悟也有了很大的提高。我为创建文明城市出力，文明城市回馈我文明生活，这将是一个良好的循环，像过滤后的血液，让一个城市更加有活力。

人是许多问题的源头。

现在二道街的山涧，从上到下，干净整洁，随着夏日雨水季节的来临，山涧完全是一道壮丽的风景。巨大的声响，从山涧传来，日夜不停，像千万架织布机的合奏。山涧两岸是苍翠的草木，里面的水流卷起雪一般的浪花……

郁达夫面对家乡的钓台，曾发出感慨，"因为近在咫尺，以为什么时候去就可以，我们对于本乡本土的名区胜景，反而往往没有机会去玩，或不容易下一个决心去玩。"说得真好。

第一辑　小街连云

二道街的山涧虽不是名区胜景，但绝对是一个值得闲逛的好地方。在山涧里，你会遇到一粒粒被水流抚摸得没有了棱角的鹅卵石，也会遇到那急匆匆的溪流，为了奔赴大海，努力地调整方向……

小街连云

宁把他乡作故乡

连云港当地人对沙光鱼的喜爱程度，于我来说，有点好笑。尤其是盐场人对沙光鱼的痴迷，更让我不解，他们众口一词，说从小吃到大，没把沙光鱼吃够。我听后，虽然表面上沉默不语，但心里是不屑一顾的。

我的故乡在沭阳县东南部，离淮沭新河咫尺之遥。这条大河逶逶迤迤，从远方蜿蜒而来，向前方旖旎而去，浩浩荡荡，波光潋滟，是鱼虾的天堂。河里的刀鱼浑身闪着金光，鳜鱼身上的花纹像大师的杰作，红鱼的身子像在朱砂里打了个滚……这些鱼都会在舌尖之上演绎着家乡的味道，让人无论走到天涯还是海角都恋恋不忘。

连云港是我的第二故乡。我喜欢巍峨连绵的云台山，这里自古以来有许多特产，如云雾茶、葛粉；我喜欢辽阔无垠的黄海，这里盛产闻名全国的海鲜，如梭子蟹、大对虾。沙光鱼更是连云港特有的鱼种，但对沙光鱼我一直没有好的印象，一方面是因为我的家乡在大河边,我的味蕾已经适应河鲜的滋味,另一方面也因为我的父亲。

父亲对沙光鱼是不屑的,他说,肉太瘫了,哪里有我们大河里的鱼好吃。

我们家的餐桌上,从没有出现过沙光鱼的影子。进入市场,看到沙光鱼,我也只是草草地打量几眼。父亲对沙光鱼的评价,让我自觉地远离它。

说来好笑,在连云港生活多年,我吃沙光鱼也是近几年的事。

有一年秋天,一个朋友带我们几个人到连云区板桥街道对虾塘钓沙光鱼。十月沙光赛羊汤。我本来就是去"打酱油"的。谁知那天刮起了风,在别人的眼中那个风也许不算大,但对我来说忍无可忍。我躲在车中,百无聊赖地看着一望无际毫无生机的盐田,看着一汪汪明亮的像苍白的眼睛一样的对虾塘。临近中午,朋友们脸上挂着孩子似的笑,手提着沉甸甸的鱼桶,从虾塘满载而归。他们一个个眉飞色舞,有的说"乖乖,太好钓了";有的说"只管往上拎哦";有的说"哎哟,钓沙光真是太爽了"……这种鱼是很呆的,见钩就咬。在连云港,连一些妇孺也加入钓沙光鱼的行列。秋天的海边、对虾塘边,即使是刮着风飘着雨,也有人持竿在静静地垂钓,他们是在钓沙光鱼,也是在钓凉爽而妩媚的海边秋色。

中午,朋友把我们带到他的八爷家就餐。他的八爷,土生土长的板桥人,四十多岁,盐工。我们到那儿时,好客的主人,已经把酒菜全部摆好。他肤色黑红,那是海风雕琢出来的颜色,尽管脸上没有笑,但他双眼里流露出的那股热情,像火,烧灼着人的心。

招待我们的菜肴，全是海鲜，大对虾、蟹子、花蚬子……光是鱼，好客的主人就做了两三种，当然少不了沙光鱼，有红烧的，有做汤的。据说，盐场人家招待客人，离沙光鱼就不成席了。

好客的主人冷不防夹一条红烧沙光鱼给我，我一下子失态地叫道："我不吃沙光鱼。"主人有点尴尬了。朋友们也不解地望着我。我为自己的失态而不安，连忙把对沙光鱼的认知说了出来。他们一致说，先尝尝吧，外地人的做法和他们不同，本地人做还是好吃的，尤其是祖祖辈辈生活在盐场的人，他们不知见过多少茬沙光鱼，一个个都有烹饪沙光鱼的秘籍，无论是红烧，还是做汤，都堪称一绝。

那天，是我生活在连云港多年以来第一次吃沙光鱼，当然没有传说中的瘫。它肉质细腻，味道鲜美。我也一下子明白，父亲为什么说沙光鱼肉瘫了，他是按照我们家乡做淡水鱼的方法，做沙光鱼的。父亲对家乡的爱已经深入骨髓。在故乡熟稔的做鱼方法，在异乡没有取得料想中的效果，对家乡味道的执着，让父亲对沙光鱼的成见也深深地影响了我。还好，如今对沙光鱼我刮目相看，相见恨晚。

城市飞速地发展，连云港也该算是移民城市了，多种文化在这里汇集融合，走在城市的大街小巷，有不少人是操外地口音的，有冰碴子般脆的东北口音，有绵软甜糯的江南口音，有飘着麻辣味的云贵川口音……穿梭在市场里、饭馆里的异乡人仍然有人对沙光鱼抱有成见，姑且不去管他，异乡与故乡两种美食文化迟早会碰撞产生出火花来。

第一辑　小街连云

　　总有一群人，对自己家乡的味道近乎痴迷地喜爱。据说，生活在外地的连云港人，最津津乐道地是向当地人介绍自己家乡的美味——沙光鱼。是的，在舌尖上翩跹的味道，还舞出另一种风韵，那就是挥之不去的乡愁。

　　大诗人苏轼贬谪岭南，作诗"日啖荔枝三百颗，不辞长作岭南人"。谁也不能低估美食文化渗透的力量，它能让人宁把他乡当作故乡。我觉得，连云港的沙光鱼也有这样的魅力。

小街连云

带泥的黄钳蟹

那天买黄钳蟹纯属偶然。

像连云港许多卖黄钳蟹的摊点一样,一个桶,桶上坐着一个盆,盆里就是腌渍好的黄钳蟹。黄钳蟹,一个个只有一块钱硬币大,钳子是黄的,名副其实。

我是不敢小瞧它的,我觉得这辈子最值得抛弃吃相的美味,就是黄钳蟹。见到自己最爱的美味,再端着架子,讲究吃相,就是作,自作自受的作。

我买一盘子的分量,巴掌大的盘子,十块钱。

一路上,嘴里直冒口水,想吃。但是心里在不断地告诫自己,晚上还是管住嘴吧,腰和桶都快结成亲家了。很快,自己又对自己说,吃吧,就吃两三只,就是肉全长身上,也就两个硬币大,浑身这么多肉,还在乎那一点?就这样,一个人看似孤单的路途,实质内心极为喧哗地到了家。

咬一只黄钳蟹,有点坑人,怎么有泥呀!我心有不快,再咬一只,上牙和下牙不敢往一起靠,还是有泥。糟了,上当了。这是一盘带泥的黄钳蟹,我脑海里出现那个卖蟹的女人,我本来看到她黧黑的脸还带有同情。黄钳蟹生活在浅滩、湿地,只有晚上才出洞觅食,炎热不算,还要冒着蚊叮虫咬的风险去捕捉。现在气得我,想把这盘黄钳蟹泼向她,让她脸上开花。

骗人也讲花式的。你看这盘黄钳蟹多俏呀!黄钳蟹就不用说了,在我眼里只有花能和它媲美。单是里面的配料就可圈可点,有红红的辣椒,有绿绿的小葱叶,有花生米大的生姜丁,有已经变成褐色的蒜瓣。我想给倒掉的,但看到这些配料,犹豫了。想想也真是好笑,像看一出大戏,本来是冲着主角去的,结果却被横空杀出的配角吸引。

我先用筷子蘸点汤汁,看看里面有没有泥,天哪,味道美死了,一点泥也没有。我胆子大了起来,就开始夹一粒生姜尝尝,鲜味把生姜浸了个透,也就是说生姜的每一根纤维里都浸满了蟹子的汁,我只尝了一粒姜,就决定把这盘黄钳蟹留下。

第二天早晨,它郑重其事地被我摆上桌,尽管有泥,我不再担心,因为我已经决定不吃黄钳蟹,改吃生姜了,其他配料的味道也极值得咂摸,可惜的是太小也太少。

一碗平淡的白米粥,因为几粒蟹汁浸泡出的生姜而神采飞扬。

至此,我对那个卖蟹女人报怨全无。古人言:卖油的娘子,水梳头;养茧的女子,不穿绸。我估计,每天晚上就着手电光捕捉蟹子的她,也舍不得吃。每一只都是钱,她所有的心思可能都用在腌渍上了。她没有尝,自然不会知道此次的蟹子里有泥。

蟹子里的配料,无论是颜色的搭配,还是切刀,都浸透着匠心，是一丝不苟的。生姜在我印象中不是切丝就是切片，可是她的生姜全是切成花生米一般大小的丁，均匀有形。后来我发现这样切的生姜腌过后，不仅有脆生生的口感，还能让蟹味更容易发挥出来。这该是多年摸索出来的经验，也算是秘籍。

东西是否精贵，与大小没有关联，匠心就是莲心。

在螃蟹细密的脚爪间，拨拉出一两个姜粒，我简直有点舍不得吃。我相信，面对一个个硬币大小的黄钳蟹，那个捉蟹女也舍不得吃。

电影院,飘着栀子花的香

电影院建成后,大松树(地名)一下子热闹起来,卖瓜子的、卖水果的、卖糖球的、卖棉花糖的……齐聚门前,天天喧喧腾腾,人影攒动。

栀子花开了,卖花的摊点,一个紧挨一个。栀子花,是山上人家院子里最常见的花。花开了,雪团一样,香味在院子里潮水似的往外翻滚、扑腾。年轻的小媳妇、上了岁数的老妇人,挎着满篮的栀子花,摆到电影院门前,卖。白白的栀子花,旁若无人地香着,热烈勇猛。这时女人头上戴着花,胸前别着花,连不少年轻的男子手里都拿着栀子花,进出电影院。电影在栀子花的香气中开映,也在栀子花的香气中说再见。

栀子花的香,不老实,顽皮得很,在电影院到处乱窜,窜到哪儿,就香到哪儿。电影院,里里外外都飘着栀子花的香。

有一回,我和几个同学在花香缭绕中,一起看电影《月光下的凤尾竹》。同学中有的来自云南,有的来自四川,有的来自河北。二十世纪八十年代中期的连云港，名副其实的改革开放前沿，建设者从祖国的四面八方，潮水般涌来。连云港又一次迎来大开发时期。

《中国革命之歌》上映，宣传海报贴遍大街小巷，因为是继大型音乐歌舞史诗《东方红》之后的又一力作。学校包场，全校师生齐聚影院。光与影制造出令人拍案叫绝的灯效。金黄的田野，碧绿的草原，五彩的花海……背景变化多姿，每一幕都美得让人想尖叫。脍炙人口的歌曲，如山涧里的溪水，哗啦啦淌个不停。群星荟萃，大腕云集，主持人的串词也激情昂扬，当时大家边看边鼓掌。爱国情怀把胸膛撑得鼓鼓的。

我们的班主任，三十多岁的男子汉，伟岸得像松柏，一米八几的大个子，平时高仓健式的冷峻，妥妥的一枚硬汉，一场电影下来，眼圈都哭红了。

《老井》《红高粱》等一些电影陆续上映，有人连看几场，还嫌不过瘾。那时，大家已经在谈论一个名叫张艺谋的导演，不过谁也没想到，多年后他会火得一塌糊涂。一个人的成功，总是有迹象的。迹象里，隐藏着奋斗者的智慧和才情。

电影院让大松树有城市的味道，甚至是大都市的味道。那时有的年轻人，能把电影中的台词，原封不动地背下来。电影中的插曲，有的很快就流行起来。走在山路上，迎面有人哼歌，一听准是电影中的插曲。

一部电影诞生后，随之走红的是一首歌。这是常态。

老歌新用，是近年流行的趋势。冯小刚执导的电影《芳华》，就成功地运用了老插曲——《绒花》。在熟悉的旋律中，多少人的泪点被戳中，女的哭，男的也跟着哭。

几年以后，电视的普及对电影院产生的冲击，简直是毁灭性的。这不仅是大松树电影院的尴尬，全国都是如此。

电影院萧条的样子几近可笑，那时单位发电影票都没人看，只好把票四处送人，有时连人也懒得送，随意丢在家里或压在玻璃板下。一不小心，多年后成为记录历史的票证。那时，大家的共识是不如在家看电视，看电视可以歪着，可以躺着，总之怎么舒服怎么来。

以前专门有检票员，担心有人不买票蹭电影看。后来检票的也派不上用场。有一段时间，大松树放电影时，就是大门敞开，随便进，就这样也坐不满。今天想来，真是有意思。

那时我常听人说，一场电影只有十几个人看，更有甚者一场电影才几个人看。电影火热的年头，觉得电影院很小，每放一场都有挤爆的可能，后来才发现电影院很大，大得有点无边，低低地说一句话，都有嗡嗡的回声。我父亲说，当年演日本电影《追捕》时，连云古镇的电影院卖票口，有人被挤得身子悬了空，脚不沾地，硬是被抬着挤到卖票口。现在，大松树电影院已闲置多年，我像很多人一样，见怪不怪。

近日在影城看电影——《我和我的祖国》，陈凯歌执导。影城里可以同时放多部大片，任你选择。大小包间齐全，装饰豪华，设置周到，连放奶茶的位置都给你留好。地毯温软得像一双手，托着你的脚。头顶上的灯效，是满天的小星星，在顽皮地眨眼。

"我和我的祖国，一刻也不能分割，无论我走到哪里都流出一首赞歌……"老歌新唱，熟悉的旋律在影城回荡，我眼里的泪水汹涌而出，怎么擦也擦不尽。

  电影院在变，有些情怀是不变的，永远不变。

花事缤纷

一　金银花

连云港云台山上药草多。

宋代大诗人苏轼游历云台山，留有"旧闻草木皆仙药，欲弃妻孥守市阛"的诗句。云台山上的草木皆是仙药，有点夸张，不过这说明，云台山自古以来就有很多药草。

金银花是云台山常见的花，也是一种有名的药草，它不像紫草、北沙参等珍贵药草藏在深山密林悬崖峭壁，任采药人千呼万唤也不肯出来。金银花，山的高处有，低处也有；向阳处有，背阴处也有，连山路边的灌木丛里也能见到它努力攀援的影子。应该说金银花泼皮，不娇气，生命力强。

每年三四月间，云台山经过一个冬天的酝酿，绿色像一场革命大爆发，满山绿意融融，每个山头都扯不同的绿旗，想占山为王。有翠绿，有深绿，有浅绿，有鹅黄绿，好不热闹，天下所有的绿都好像集中在云台山打擂台，这时各色花开始从绿色的海洋中挣脱出来，争俏。

五月，金银花是万花丛中一点黄，不是那么惹眼，甚至开得有点羞涩。是啊，在云台山多姿多彩的花海中，小小的金银花哪里比得过映山红。映山红是云台山上舞动的红绸子，是云台山腮边的一抹胭脂，是云台山上身着红衣的俏舞娘。而金银花不是，它含蓄内敛，紧紧地攥着花苞，就是绽放也不张扬。

金银花不仅山间有，连云港山上人家的院子里也有。有人家把野生的金银花栽在院子里，和其他花一起装点庭院。庭院里的金银花，没有月季、玫瑰开得鲜艳妩媚，但是它一点儿不受冷落。长在院子里的金银花，胆子大，爬得高，开得盛，在主人眼中，它是百花园中的翘楚，浑身上下都是一个"好"字，百看不厌。

我曾到山上一朋友家玩，他家院子里有金银花，根像龙爪紧紧地吸附在地上，主干有鸡蛋粗，苍劲古朴。看样子有些年头了，枝条蓬蓬勃勃，卵形的叶子油绿油绿的，纤细的藤蔓往高处蹿，枝叶间一簇簇的全是花蕾，直直地站着，像女人发髻间的簪子。有的已经开放，一蒂两花，雌蕊雄蕊，两两相对，脉脉含情，像一对鸳鸯，怪不得金银花又叫鸳鸯藤。金银花一旦开放，花蕊探出，药效顿减。没有开放的金银花是上好的药草。

金银花自古被誉为清热解毒的良药。朋友用爱怜的目光望着金银花，说这可是个好东西呀，眼睛上火，喉咙肿痛，喝它泡的水管用。在连云港，不少人家每年都藏有晒干的金银花，平时泡水喝，善待自己，客人来时，它也是待客的上好饮品。

饮用金银花，内火一扫光。这是连云港颇为流传的药草谚语。

五月，我们二道街一些上了岁数的人，或挎着篮子，或提着袋子，三三两两，上山采金银花。这时节人家的阳台上或庭院里，总有金银花在晾晒，清风徐来，伴随的是一阵阵淡淡的清香，二道街的犄角旮旯里都蹿有一缕缕的药草香。

云台山上的金银花是野生的，绝对是无污染纯绿色的。用云台山上的山泉水泡自制的金银花茶，是连云港山上人家的一道风景。杯子虽小，但是有乾坤，杯中透明的水呈浅浅的绿，雾气氤氲中，一缕缕香往人鼻子里扑，轻轻地抿一口，五脏六腑都舒坦。泉美茶香溢。连云港人手里捧着的金银花茶，是世间美好的缩影，让人心旌摇荡。

金银花，是让连云港人骄傲的一种花。

二 映山红

栀子花是家花，长在庭院里，所以香气也黏人，撵都撵不走，像爱撒娇的猫。映山红是山花，是野花，是开在风里雨里的花，它清朗、利落，高昂着头，有野气。诗人杨万里感慨"何须名苑看春风，一路山花不负侬"，指的就是映山红。

四月，云台山上映山红开了。站在山脚下看，翠绿间飘着不规则的红云，有大，有小，大的那一片红云，映山红多，小的那一片，映山红少。映山红是云台山腮边的一抹胭脂，山间开满映山红的云台山，是蓝天丽日下的辽阔，是山河壮丽的缩写。云台山上的映山红颜色美，不是大红，大红色太热烈，像战斗，也不是桃红，桃红色喷着香气，它介于二者之间，是粉紫色，不热烈，但势头旺有斗志,不香,浑身散发的是清气。只流清气满乾坤,不单单是指梅花,映山红也是。

不少爱花的人,先在山脚朝上望,确定大概目标,朝山上进发,然后喜滋滋地把映山红挖回来,小心翼翼地栽种在花盆中,结果是死,让人沮丧。古有记载映山红不易栽活的例子。白居易第一次没有移栽成功,写诗"争奈结根深石底,无因移得到人家"。可是白居易不死心继续移栽,终于在820年移栽成活,有诗为证:"忠州州里今日花,庐山山头去年树。已怜根损斩新栽,还喜花开依旧数。"云台山映山红,脾气倔,花盆里不肯活,想活在大世界。我亲眼见一邻居费牛劲挖来,结果还是死了。在一些人心中,映山红真是既让人爱,又让人恨,它拒绝人间的烟火气,和栀子花的天性截然不同。世界之所以可爱,就是因为动植物的天性千差万别。

四月,满山开遍映山红。这时节上山的人多。有的专门去看映山红。映山红大多开在高处,开在人迹罕至的地方。无限风光在险峰,好花开在悬崖边。尽管高,但它像远山里藏的糖,诱惑着人前往,人一拨一拨地去,全都带着笑下来。赏映山红是一件乐事。

我小时候,山上映山红多,站在山下能看到山间落满红云。

我就读的中学在连云港丫髻山下,山头像并列的鸡和鸭,所以这座山也有鸭鸡山的叫法。每到春天,学校举行春季运动会,胜出者中有人会获得同学采来的映山红,一大束,红艳艳的,抱在怀里,脸上全是笑,和电影里的英雄有的一比。

最近几年,每到映山红盛开的季节,就有媒体发声,呼吁保护云台山上的映山红。不少人上山把映山红挖回来栽在盆中独自欣赏。以前几千株映山红把山崖全都染遍，颇为壮观，现在只有悬崖绝壁处的映山红，侥幸还在山崖绽放，面对人类的挑衅，它开得像血一样红。

近十多年，从云台山移植下的映山红成活率越来越高，这全"归功"于有心人士的执着。高成活率激发了广大爱花人，他们互相切磋，网上也是推波助澜，传授野的映山红移植办法。于是云台山上长有映山红的地方，被挖得是千疮百孔，一个个坑，像是映山红泪水砸出来的。脾气倔强的云台山映山红到底拗不过人类的执着，乖乖地待在盆中，开得失去了原有的性格，可是它又有什么办法呢？

有些花就适合生长在山野里，山野才是它的舞台。映山红最舒适的存在，就是根触摸着岩石，叶沐浴着山风，花迎接着春雷，像有些热衷挑战的人，境况越艰难斗志越旺。

映山红移植成功，对云台山来说不是好事。

满山开遍映山红，那是云台山的过去。

三　野蔷薇

单瓣野蔷薇，我喜欢，甚至到痴迷的程度。

小时候，在乡间生活时，我家屋后有一条乡村野路，路边有野蔷薇，一大丛。春天时，叶子油绿油绿的，绿叶间浮着一朵朵白花，轻飘飘的，风大时要飘走的样子。花朵有牛眼杯子大，白闪闪的一大片，单瓣的，蕊金黄金黄，花瓣和花蕊在一个水平面，像撑开的伞。不像有的花，花瓣把蕊包着藏着掖着，必须拨开花瓣才能看到蕊，它不是，一眼看到底，坦坦荡荡，我喜欢。母亲说它叫，李蔷梅。

到连云港生活后，我才知道它真正的名字。

云台山上有很多野蔷薇。有一次在朝阳镇的山上，我算是见识了。朝阳东山上有防火道，是水泥铺设的，单行道，道两边全是野蔷薇。那些野蔷薇，要么是花蕾，像紧紧攥着的小拳头，要么就是完全打开，很少有含苞待放的。感觉蔷薇花开得利索，像打伞，啪啦，开一朵，啪啦，开一朵，爽快。诗人说，花开七八分最美，估计那是指牡丹、玫瑰等多瓣花。野蔷薇算是没戏了，不会怀抱琵琶半遮面，要么不开，要么全开，就这么着，像谈一场深情的恋爱，要么不爱，要么深爱，干脆利落。一路下来全是蔷薇花，白花花的一大片，像闻讯赶来夹道欢迎我，有性急的干脆把花朵探到我脸上，我简直是受宠若惊，怀疑自己是否值得被如此欢迎。它可不管这些，还散发香味款待我。野蔷薇的香，浓郁，但是不黏人，从鼻翼间倏倏地飘过，你想深嗅，它早已邀山风一起溜到另一个山头，留下你在花前，眼迷离，空惆怅。这种香，是调皮的精灵，跑得快，撩人。

我在乡下时，不知道它这么香，其实它能不香？只是我没有用心闻。就像对待有的人，你若深了解，一定会发现他身上也有一种花的香。在庭院里的蔷薇，没有山风约请，老实多了。"水晶帘动微风起，满架蔷薇一院香。"院子里有蔷薇，真好。

从小到大，我见到的野蔷薇全是白色的。所以当我见到海州石棚山上的粉色蔷薇时，有点失态，大叫，引得别人侧目。唉，世上的花和人一样多,我哪能都懂呢!不过据说蔷薇还有黄色的,我没见过。粉色的蔷薇,可爱,它和桃花不同,桃花的粉像从骨子里长出来的,坚实,你奈何不得,粉色的野蔷薇,瓣上的颜色像胭脂,俏皮得很,像不经意扫上去的,底子还是嫩白的,让人担心,起风了胭脂会不会掉落。也许只有我这样的女人会自作多情。雨都淋过了,还怕风摇?

我家二道街山边野蔷薇也多,全是白色的,它不像朝阳山上的,拉大旗一般,呼啦啦,占据半个山头。二道街西边山上的野蔷薇,是分散的,山崖下有一大丛,山路边有一大丛,乱石堆里有一大丛,互不干涉,各自搭台,自导自演,玩命地鼓苞开放。香气也是毫无章法地乱蹿,走在山路上,花香是时淡时浓,时有时无,调皮得很。它没有朝阳山上的野蔷薇有气势,不过各有各的好。

二道街的春天,因为蔷薇花而喧腾有朝气。

我把石棚山上的粉色蔷薇,挖一棵栽到我家院子里,之前我已经从山上挖了两棵白色的,这样我就有红白两种颜色了。

蹊跷的是第二年开花时,全开白花。我细细打量从石棚山挖来的野蔷薇,就差点板起脸来责问它了:"你怎么搞的,怎么变成白色的啦?"在微风中,它晃着白色的朵,吐露浓郁的香,像是耸肩,又像是双手一摊,那样子好像在说:"我哪知道啊!我只管开,管它是白是红呢!"淮南蜜一般甜的柑橘移到淮北,成为苦涩的枳,水土不同啊!我不明白,为什么粉色的蔷薇移到我家院子里,颜色就变了。也许植物学家知道。

不过说句心里话,被我移到院子里的野蔷薇,没有在山野开得水灵，花朵一直是干巴巴的，叶子也一直是蔫蔫的，受了气一般，其实我待它不薄。

栽花如同教育孩子，顺从自然的法则，不违背他的意愿，可能最好。可是有几人能真正做到呢？我家院子里的野蔷薇一直开得不好，但是不妨碍我对它的爱。

四　栀子花开香又白

夏天，栀子花开。

二道街山上人家的院子里都种有栀子花树，团团如盖。

我对栀子花充满好奇，是因为二道街一个老人的话。这句话千真万确是他说的。他说，这花也怪了事，离开我们这里不肯活。我不知道他为什么这么说，有什么根据，但小小的我一直记在心里。我一度觉得栀子花神秘，那就是为什么它对连云港的土地特别钟情呢？连云港的土地有什么神奇的地方，让栀子花格外地眷恋？

二道街山上人家的院子里，盛开的栀子花树，似乎就是想证明什么。花开时节，碧绿的枝叶间，点缀着雪染的花朵，耀眼。院子里满满的都是香气，浪潮一样，一波又一波，在院子里晃，在山风的煽动下，往院子外溢。"梅须逊雪三分白，雪却输梅一段香。"这一句也适合栀子花和雪之间微妙的关系。

栀子花实在是太香了，这种香，热烈猛撞，像有一根隐形的棍在搅动。一朵，香气都喷鼻子，无数朵呢？花开时节，云台山下这个小山洼子里，连不起眼的草，都沾有栀子花的香。山上人

第一辑 小街连云

家喜欢把花摘下来卖。

农历五月，二道街上，栀子花白花花的一片，篮子里有，平铺的摊子上有，有的摆在三岔路口。卖花的大多是上了岁数的老年人，看样子一辈子不知见过多少茬栀子花，可还是爱，年年见，年年爱，这可是真爱，你看有几个卖花的老人衣襟上不别着一朵？不刻意，但是你能说，这不是一种庄严？三十多岁的少妇，卖花时都在盘起的发髻上随意插一朵，慵懒而妩媚。

这个时节连云港戴花的人多，街上来来往往的女人，发间、衣襟、手拎的包上，都会见到栀子花的影子，就是不戴，手里也拿着花。少不更事的小女孩，会手捧着栀子花，走着走着，忍不住把花放到鼻子下嗅嗅再走，路人见了，只是笑。这个时节，见到堂堂男子汉手里拿着花招摇过街，不稀奇。栀子花，把一个城市人的心都香透了。

连云港花多，玉兰花是市花。东磊的玉兰花王800岁了，春风一吹精神就抖擞了，这是让人诧异的。树老花新。玉兰花美，可是没有人戴。玉兰花香，还是没有人戴。人们仰着头看满树的洁白，心里是敞亮的。

洁白的玉兰花适合远观。栀子花香气黏人，往人身上沾，掸都掸不走，这就可爱了，这么好的味道掸都掸不走，还不喜欢？那也太矫情了吧！

连云港人爱栀子花，这种爱，无条件的，这才是真爱。从没有见过还有哪一种花，这么名正言顺地被戴在发间，别在衣襟上。摩梭女作家杨二车娜姆把一朵硕大的牡丹戴在额前，那是时尚，为了吸引时尚界的眼球。婚礼、会议上，人胸前别的红花，让人肃穆，对人是约束，不敢造次，连走路的步伐都不能乱，看人的眼神都不能斜。有的花戴起来就是为了约束自己的。

栀子花不是，戴栀子花，人没有约束，尽是生活中的随性。你可以把发间的花嗅几下再戴上，没有人会笑话你，即便笑也是笑你孩子气。瞧，多可爱的花，红颜与皓首因为它都可以"聊发少年狂"。

海州是连云港的花木基地。闲来无事，我喜欢到海州，看花，那时每一寸时光里都浸透着饱饱的花香。史有记载，女词人李清照"闻金寇犯京师"，一路南渡，路过东海（即现在的海州），此时是阳春三月，海州城里，梅花烂漫，清香缕缕，但它无法抚慰词人心中的忧愁。国难当头，满城花香，一个字，忧。

海州人家种花是有历史的。瞧，院子里院子外，拿水泼的一样，红红绿绿一大片，月季花常见，而且都是名贵的品种，和玫瑰像孪生姊妹，简直分不出来。墙边、院子里、路边都有，朵大色正，红的像太阳，紫的像锦缎，蓝的像天空。月至半圆，花看半开。半开的哪里是花，简直就是一群蛊惑人心的妖精哪！海州人家的院子里就有许多半开的花，让人心都痒酥酥的。紫红色的月季最常见。海州人家有白色的月季，雪攒的一样，多瓣；有黄色的月季，乳鹅身上毛的颜色——鹅黄色，水嫩水嫩的，见到眼睛不想离开，心生贪念，想占有。这都是上好的月季品种。海州是花的世界。也许因为海州好花太多，也许因为海州人的审美，栀子花在海州没有像在连云港受宠。

栀子花在海州，也没有在连云港有精神。这和小猫小狗有点类似，猫狗识怂恿，也就是说猫狗看人脸色，你对它好，它就对你加倍好。栀子花也是。云台山下人家的栀子花任摘一朵，都比海州的水灵。不信，花开时节你比比看。我这才明白二道街老人的话，栀子花在连云港肯活。这个活其实是肯开，开得好的意思。

二道街的栀子花，像被云台山上的白云擦过一般，亮白亮白的。

二道街的栀子花，喝的是云台山上的泉水，泉水一路从药草上流过，营养足。

二道街的栀子花，沐浴的阳光都是正午时的阳光，因山高，太阳把热量聚足直到正午才照到二道街。

栀子花，哪里的最美？我敢说是连云港的。

小街连云

飘荡的海军蓝

从连云港港口至墟沟平山,几乎每个山洼子里都有部队驻扎,有陆军,有海军,还有消防部队。现在也是,不过,没有我小时候多,以前的部队,现在都不知撤到哪里去了。

我家在二道街,和现在的连云港庙岭港区隔一条中山路。二道街西边的山脚下驻扎的是一支海军部队,属东海舰队。那时,二道街街上、山上、山涧,到处都飘荡着海军蓝。

小时候,我不认为他们是解放军,解放军都穿绿军装。电影上的英雄大多是解放军。

部队的营房是几排红色的瓦房,在山脚下,营房和前面山体中间的部分是平坦的地方,上下差高有两层楼高。平坦的地方作操场,操场的西边开辟出菜地,一年四季都种菜。部队还养几头猪,经常嗷嗷叫。我们站在部队前的山路上俯瞰,部队的一切,像模型,尽收眼底,俯身可拾。这就是住在山区的妙处。

部队里全是年龄二十出头的小伙子,个子也差不多,统一着装,进进出出风风火火,身手敏捷,上下坡都是飞一样的快。因为年龄,因为身高,因为着装,分不出彼此,像一个模子里出来的。不过,这种单调中隐藏的是一种威武。

营房上的山路旁,有三间红色的瓦房,门楣上印着鲜红的大字——海军服务社,里面卖的是军需物品。有一个女售货员,长得实在是美,我羡慕的是她的两根大辫子,油亮亮的,拖到屁股下。那时售货员都气度不凡,一个个高高在上,用眼角看人,这个姑娘也是。在计划经济时代,售货员是炙手可热的职业。我觉得她像一个冷傲的公主,应该是部队领导的子女。行业会衰退,职业也会落伍。现在还有谁会把做售货员当作一个梦在追呢!

连云港的冬天会下雪,一夜过后,云台山上全是白的,山变高了,想和蓝天接吻。山路上也全是白的。由于是山地,上下坡多,有安全隐患,雪后要扫雪。海军出动了,那时我才觉得他们是没有穿绿军装的解放军。只有解放军才会这么大规模的出动。

雪后的山路上,行人趔趔趄趄,一不小心滑倒就会滑得很远,有的人在众目睽睽之下,从上坡滑到下坡。雪后,坡上坡下全是海军,一个个干劲十足,用"秋风扫落叶"的干劲,扫雪。他们简直不是秋风,是龙卷风。不一会儿,路面干净清爽。部队也迅速撤退,像退潮的洪水。

这一群生龙活虎的小伙子,在操场上是又一副模样。在教官的口令中,他们向左看齐,向右看齐,齐步走,完全像木偶,随教官口令而行动。稍有不慎,教官的吆喝声,就劈头盖脸地下来。纪律的严明,能让崖畔的小草也惊悚。每每听他们喊出的口号,地动山摇,觉得自己胸中也有一股豪气要喷出。尤其是在深秋时节，看他们训练，听他们喊口号，悲壮和苍凉油然而生。这时节，山间枫叶红透，血染一般，有杀气。

他们是二道街一面蓝色的旗帜，飘荡到哪儿，哪儿就有安定祥和的气氛。后来，营房里的军人越来越少，直至一个也没有，真不知这支部队撤到哪里去了。

现在营房还在，只是破败不堪。铁打的营盘流水的兵。虎虎生威的兵也不见了。曾经站满军人的操场，长满了荒草，写满了荒凉，好像那些军人从来没有来过。只有山风在低吟。

路边的军人服务社，三间红色的瓦房，在风霜雨雪一次次的侵袭下，一点点破败，房顶全无，只剩四面斑驳的墙，不知何时成为了一片废墟。尽管听不到哗啦啦的倒塌声，看不到雾蒙蒙的尘土飞扬，也让人心惊。

"醉里挑灯看剑，梦回吹角连营。八百里分麾下炙，五十弦翻塞外声。沙场秋点兵。马作的卢飞快，弓如霹雳弦惊。了却君王天下事，赢得生前身后名。"

我不是军人，但每每看到这首词，想流泪。

曾经在二道街服役的海军，和军人服务社那个美丽的姑娘，如今不知身在何方，应该老了，因为当年的孩童——我，已人到中年。

朝鲜女人

邻居们都说她是朝鲜人。她住二楼。我们住的楼一共有四层，每层四户，老式楼，带长廊。我家住三楼。

过去家家孩子多，眼前满满当当晃荡的都是孩子，星期天孩子更多，那时没有补课一说，都在楼下疯玩。

有一天，我们一大群孩子在一块玩，不知由谁带领我们到朝鲜女人家玩。

女的烫发，满头翻卷黑色的浪花，打了蜡似的，洋气。脸长，肤白，个子高，漂亮。她身上的绸缎印花棉袄，红色和鹅黄色是主打色，花纹是金色，实在是美，像披着温暖的霞光，看到她，刹那间，我想长大。

她从房间里端出一个盒子，里面堆满花花绿绿的糖，简直是亮瞎眼，让人口中咕咕冒水。糖实在是过年时的温暖存在，口袋里能装几粒糖，对孩子来说，就是富有，世上的情意都在其中。

她挨个给我们发糖，一双双小手几乎是颤抖着接过，有点神圣而庄严。孩子中,有一个她能叫出名字,还问孩子的妈妈今天在家干什么,我一直以为她说的是朝鲜话,原来是普通话。我们完全是沾这个孩子的光,走进一个暖心的温柔乡。她房间里的摆设全是新的,沙发上覆盖雪白的镂空的针织品,我心有疑问,这沙发究竟是摆设还是用来坐的?床上的被褥,也是绸缎的,富丽堂皇。这个朝鲜女人,是春风里的牡丹,浑身都香。

她脸上没有笑,却给人温暖,这完全得益于她说话的声音和语速,声音柔,语速慢,深沉慈爱。我从没有想过,说话会那么的重要,重要得赛过一张微笑着的脸。

那天我惊讶地发现,她脚上的鞋——棉拖鞋,大红色,鞋头绣着鲜艳的粉色的花,有香气缭绕。人像踩着两朵花,堪称惊艳。

刘备到孙夫人的房里竟然胆怯,胡兰成进入张爱玲的闺房,房间华贵到使他不安,"那陈设与家具原本简单,亦不见得很值钱,但竟是无价的,一种现代的新鲜明亮竟是带刺激性的"。我到这个朝鲜女人的家算是惊诧。

八十年代初的人家,没有多少是富裕的。朝鲜女人的家让我眼前一直是亮着的。以后从她家旁边过,也能依稀感受到那种贵气和香气。对品质生活的向往,几乎是人的共性。回到家,才发现自己家的寒酸,看破旧的沙发上覆着的布,怎么看都不美。

后来不见朝鲜女人,听说她搬家了,搬到哪儿去了,不得而知,小小的我,对她几近崇拜,只是没有说出口。

如果说我以后对生活的品质有了要求,这个朝鲜女人,算是一把钥匙。她的打扮和屋内的陈设都在说话,是无声的,只有有**心人才会听懂**。

第一辑　小街连云

多年以后，我已经搬离二道街，我家小区门口新开了一家理疗店，名声很响，不少人慕名而来。我的女友让我陪她去。

店里的病号，有的吊着脖子，有的吊着腿，怪异而好笑，一个胖的女医生，在慢条斯理地帮另一个病号吊脖子，转身的刹那有似曾相识的感觉，再看，没错，我儿时的邻居，那个在我生活中消失多年的邻居。她老了，完全没有年轻时的风采，但大致模样没有变。她对我毫无印象，事实也是，满屋的孩子，相似的脸，能有印象？

她帮朋友诊断过后，我更加断定，是她，声音依然是那么的有特点。她就是朝鲜女人。

我说："你以前在二道街住过？"

她说："是啊！"

从那天开始，我知道她不是朝鲜人，是丹东人，一个和朝鲜隔江相望的地方，至于大家为什么说她是朝鲜人，她不知道，我也不知道。

她告诉我，当时她脚上花朵似的鞋，是在大连买的。那时她是刚刚结婚的新嫁娘，老公在大连工作。

谜面有了谜底，我反而不像以前那么的对她神往。生活的无味有时恰恰是因为看得太透。后来她的理疗店搬迁了，我不想知道她搬到哪里，一点也不想知道。

小街连云

会绣花的男人

小时候,有一阵子,我很害怕大陈。

他不爱笑,走路腰直挺挺的,钢板似的,脸成天是冷冰冰的,走路咚咚有声,地都像在震动,我觉得他像电影里的坏人。后来我见到大陈不再害怕,是因为他竟然会绣花,是一个会绣花的男人。

那时我们住的是老式楼,一层四家,门前是长长的公共通道,公共通道里可以择菜,可以聊天,因为采光好,妈妈们有时边聊家长里短边织毛衣。孩子们在长廊上嘻嘻哈哈,毫无来由地跑来跑去,大人吆喝也止不住,快乐像七彩的泡泡在我们身边飞,哪能停下追逐的脚步?

一天,大陈手里拿着一件刚做好的罩衣,和几缕彩色的丝线,坐到通道,准备绣花。大陈会绣花,我只是耳闻,不曾目睹。这时邻居快嘴张姨尖声叫道:"哟,大陈又给女儿绣花了!"正在屋里做功课的我,听到哪能坐得住,一溜烟跑出来看稀奇。

此时的大陈，和平时判若两人，他手里拿着针，神态安详，姿势娴熟。他目测一下，很快找准地方下针，几针下来，雪白的布上就落有醒目的颜色。我们都在猜，他绣的是什么，他不回答，让绣花针一上一下说话，一开始看不出是什么，渐渐地，雏形出来了，原来他先用黑线勾勒出猫的身子和鱼的身子，然后用彩色的线往空白处填。哦，他绣的是小猫钓鱼。淡黄色的小猫，手里拿着一根青色的竹竿，钓到了一条红色的鱼。画面生动，色彩艳丽，孩子看了会特别喜欢。连我看了都心动。

看陆文夫的文章，知道苏州的小巷里最常见的，是绣女的身影，岁月的芳华，都被她们的巧手用一根细细的绣花针锁住了。从苏州小巷走出的大陈，自然是深受影响。

有一天，我大着胆子直视大陈，发现他脸上有浅浅的笑。原来大陈也会笑，我更加不怕大陈了。

后来大陈变了，爱哭，一喝酒就呜呜地哭，邻居们在通道里的活动也变得小心翼翼。这主要是因为他心爱的女儿被开水烫残了。

孩子烫伤后，大陈爱上了喝酒，喝酒后喜欢翻旧账。大陈是苏州人，他的老婆韩姨是连云港人，他们年轻那会儿都在苏北赣榆插队，两人好上了。在农村插队时，大陈喜欢打架，和上海知青打，和南京知青打，和当地老乡打。有一次他们和赣榆当地老乡打，一个村子的男劳力全上了，手拿铁锹、草叉、镰刀，和他们血拼。那次大陈吃亏了，上衣被撕成一条条小旗子，头也开了瓢，血往外蹿，差点就听到哗哗声了。他说赣榆人心不坏，看他们被打得太惨了，担心出人命，住手不打了，几个壮汉把他和另外几个被打得半死的知青,往公社卫生院送,由于送得及时血才止住,命也保住了。他头上缠左一层右一层纱布,眼睛肿得只剩一条缝,像刚从战场上下来的伤员。他估计自己这次不行了,让人捎话给当时的女朋友韩姨,让她来看看自己,有可能是永别。那天他躺在医院一时清醒一时糊涂,他想,小韩要是还不来,他这辈子可能就见不到她了,想着想着,眼泪就流下来了。他说出来插队,流泪次数屈指可数,这是其中印象最深的一次。后来他分分秒秒在期盼的女友小韩,真的出现在他面前,不过第一句话就是,"陈某某,你怎么没被打死呢!"接着又是一阵雨点般的乱骂……

大陈说,每想到这件事心都寒。后来,大陈以夫妻感情不和为由提出离婚,韩姨不说话,只是哭。年轻的韩姨用自己的方式,诠释什么叫爱,可惜大陈没有看懂。也许大陈看懂了,孩子烫伤后,他假装没看懂,以此发泄心中的不满。

老式楼的好处就是家家生活比较透明,邻居们低头不见抬头见,都劝他们不要离婚,两人下过乡插过队,是患难夫妻,有的是感情。记得有一次,一个邻居说:"孩子烫伤了,小韩心里也难过,她又不是故意的,她哪里能想到,孩子摔倒了,手会扒翻了茶壶,现在孩子的皮肤受伤了,如果你们离婚了,孩子的心里也受伤了……"大陈听后愣在通道,像木桩一样杵在那里,一句话也说不出来。

根据当时的计生政策,他们符合生二胎的条件。不久,他们又生了一个女儿,叫陈方圆。那时歌星成方圆火极了,大街小巷都唱她的歌。邻居们见到陈方圆,都笑嘻嘻地叫"成方圆,成方圆"，像叫大明星。大陈又精神抖擞起来，经常把刚满周岁的陈方圆顶在头上，楼上楼下出出进进，犹如脚踏春风。

　　孩子像太阳，给一个家庭带来希望。头顶孩子的大陈，显得特别巍峨，像一座山。南方男人给人的印象是白净秀气，大陈不是。

小街连云

冬梅与她的奶奶

可能是北京人的缘故，冬梅的普通话字正腔圆，韵味十足。她是我小时候的玩伴，她的嘴除说话好听，还有一个令我佩服的功夫，那就是吹泡泡糖。

八十年代泡泡糖品牌少，当时都吃大大牌，薄薄的，横长条，像云片糕，外面裹着粉色的糖纸，糖纸上印着一个小女孩，眯细着眼，很陶醉的样子，嘴里吐出的泡泡和她头一般大小。画面充满喜感，也诱惑人。冬梅口袋里成天装着泡泡糖。到哪儿她嘴里都啪嗒啪嗒响：啪啦一声泡泡吐出来了，白白的，一朵白莲花似的；啪啦一声，泡泡瘪了，花也蔫了。她嘴巴上整天不是花开就是花谢，缭绕着一股香甜气。

我的父亲不给我吃泡泡糖，说脏，嚼来嚼去，吐来吐去，灰尘都沾上去了。我吃泡泡糖基本上是地下行动，所以水平不高。有时和冬梅在一块，我会好奇她为什么会把泡泡吹那么大，有时她会教我，泡泡糖嚼过以后，用舌头先把它弄成薄片，顶在舌尖，双唇紧闭,吹气,泡泡就鼓出来了。我试了几次,果然不错。泡泡每吐出一次,嘴边都像盛开一次白花,暗香浮动,那种感觉真是妙极了。但我还是没有冬梅吹得好。

冬梅的奶奶特别有意思,有时我刚站到她家窗前,她就直着嗓子大喊几声"冬梅,冬梅",意思是有人找你玩。冬梅就哗地打开门,窜出来和我一起玩。玩什么呢?有时我们俩胳膊挎胳膊,到西边的山脚下扒拉草丛,里面有无穷的乐趣,有时会惊扰到模样怪异的虫子,它头上长着触角,像电视的天线,我们会发出快乐的尖叫;有时会发现人家丢弃的瓶瓶罐罐,从中也能找到快乐。少年不识愁滋味,看什么都是喜。

有一次,在一种叫不出名字的灌木丛中,我们发现一串串红红的果子,有黄豆大小,玛瑙似的,把枝条都压弯了。我们俩都觉得这个应该好吃,眼前的诱惑,激起我们无穷的想象,我甚至想,只要轻轻一咬,甜汁就崩得满嘴都是,连五脏六腑都是甜的。我们纷纷吐出泡泡糖,摘几个尝尝。结果这个红红的诱人的果实又苦又涩,我们啪啪地往外吐口水,恨不得把舌头吐出来,只好把泡泡糖塞到嘴里救急。嘴里有了泡泡糖的冬梅,一下子安静下来,又快活成一尾活泼泼的金鱼。

后来冬梅不吹泡泡糖了,她整天嘟着嘴。这主要是因为她的奶奶。她奶奶和妈妈之间闹矛盾,分家了,她妈妈带着哥哥姐姐搬到别处住,留下她和爸爸陪奶奶。

冬梅奶奶经常神神秘秘地向邻居诉苦,说他们不给饭吃,天天挨饿。邻居们听了,都十分气愤,说什么,这样对待老人,真是太不应该了。为此冬梅妈妈成了众矢之的。邻居一致认为是这个儿媳妇搞的鬼。冬梅妈妈是会计,卷发,脸白,水蛇腰,穿着烫金的绸缎棉袄,像唱京韵大鼓的,可她一直是紧闭双唇,像藏有深不见底的心事。邻居们见到她,都指指戳戳,说女妖精,可坏了,不给婆婆饭吃。

原本想奶奶和妈妈分开会好点,谁知没用,冬梅奶奶还是嚷嚷饿,说家里不给饭吃。有一次,冬梅正在刷碗,她冷不丁地跑到冬梅身后,拽着冬梅的衣角,可怜巴巴地说:"我已经几天没吃饭了啊!你们也不给饭吃。"冬梅说:"这不是刚吃过吗?"她奶奶头摇得像拨浪鼓,信誓旦旦地说:"已经好几天没吃饭了!"

邻居们对冬梅一家意见更大了,都纷纷指责,说他们家不孝敬老人,不给老人饭吃,如果给,老人会那么憋屈?会睁眼说瞎话?有人找到了居委会告状,要求居委会出面干涉。

也许是因为生活在二道街压力太大,冬梅一家不知什么时候不见了,也就是搬家了。那时房子都是单位分的,不属于个人,所以搬走只和单位招呼一声就可以了。

后来我从一本书上了解到一些知识,才明白那时冬梅奶奶病了,这种病的前兆就是健忘,刚吃过饭就忘了,刚说过的话转眼也忘了,这种病叫阿尔茨海默病,也叫老年痴呆症。

我的父亲

一

一个毫无背景,也没有学历的农村穷小子,硬生生敲开了城市的大门,还成为国家干部,最重要的是还把老婆孩子统统从农村带到城市,通过农转非成为了正经八百的城市人。

这个穷小子,就是我父亲。

由于兄弟姊妹多,加之我奶奶是一个裹小脚的妇人,不会做农活,所有经济来源都靠我爷爷一个人,家里一点也不富裕。我父亲初中没毕业就辍学,走上了社会。他的一生,充斥太多的传奇。

每一位传奇的书写者,都注定有不同常人的智慧和胸襟。

曾有人对我父亲的进城之路有怀疑,认为他是一个有背景的人。我姥爷是老革命,曾任乡长、区长,直至县委主要领导。但父亲的进城之路,与他没有半毛钱关系。

姥爷生生死死忠于党，绝不会以权谋私，我大舅就在农村种一辈子地。连自己的亲儿子都不愿拉一把，何况是不受待见的女婿？

我父母的婚姻也是一个传奇。用现在的话说，就是一个"矮穷矬"娶了一个"白富美"。

我母亲在镇上读书时，班上只有两个女生，另一个是破落地主的女儿，每天中午下课后去要饭吃。相比之下，我母亲的家庭条件就好得多。每个年代都有时髦的东西。我母亲就有条件赶时髦，如穿时新料子的衣服、买喜欢的小物件。她有一个嗜好就是买书。至今她还珍藏着一本《青春之歌》，已经发黄，发脆。它是我母亲青春的见证，也从侧面证明她的家庭条件是相当不错的。

为了追求我母亲，我父亲可是动了脑筋的。

一个人仅有胆量是远远不够的，那只是莽夫。

在明信片并不普遍使用的六十年代，我父亲曾在信封的背面，给我当县委领导的姥爷去了一封信，意思是国家干部不能干涉儿女婚姻自由，这可是新社会了。我还想说的是，那时我姥爷和姥姥正在闹离婚。离婚后不久，我姥姥在一场大病中离开人世，享年四十二岁！

我母亲曾说，如果我姥姥不死，她也不会和我父亲走到一起的，因为她老人家也不同意我母亲的选择。

可是生活中哪有什么"如果"呢？聚聚散散，散散聚聚，经过无数次波折，我的父亲和母亲最终在一个热得出奇的夏天，结婚了。

婚后不久，经过定夺，我父亲毅然辞去民办教师的工作。那时民办教师的工资一个月只有五元钱，哪里够家庭开销？他进县

第一辑 小街连云

砖瓦厂从一名车间工人干起。那时工人拿钱要多一些。

在砖瓦厂,我父亲也书写了一段传奇。

他个子矮小,大概连一米六五都没有,年老时因为胖算是撑了门面,倒也不觉得有多矮。他年轻时很瘦,加之个子矮,在那群常年干苦力的农村青年面前,算是手无缚鸡之力。砖瓦厂要脱砖坯,工人每天推独轮车,独轮车上的土,别人的车子都加得小山似的,父亲的车子就是平平的,一天下来人也都快累散架了。但父亲最终却走上了管理岗位——车间主任,不用出大力了。

在我四岁时,已经在县委专案组工作的父亲,决定响应国家号召,报名支边。

连云港地处沿海,和日本、韩国隔海相望,也是边境。

父亲来连云港后,在港务局轮驳公司做行政工作,中层干部,一辈子和港口、大海打交道。

其间,母亲带着我们三个孩子住在乡下。

我姥爷虽然是县委干部,但他家安在乡下,因为我姥姥是一个农村妇女。我父亲和母亲是一个村子的,他们实质上是青梅竹马。我父亲能攀上她这个白富美,也是有先决条件的。

在城里上班的父亲,每年都回家探亲,那才是我们家真正团圆的日子,但时间很短,父亲很快又会回到城里。

回乡时的父亲,手里拎印有"上海"字样的淡蓝色旅行包,很大,里面大多装有好吃的。不过,有一次着实让我吃惊不小,包里哗啦啦倒出一堆泥人,白白胖胖,红红绿绿,一片鲜艳。他到无锡出差了,慷慨地给我们带一堆泥人,简直能排成一支队伍。我们都高兴得手舞足蹈,那时农村的孩子哪见过什么玩具。后来他包中，装的最多的是一本本画报和书籍。

七十年代出生的我，在没有上学之前，已经翻看大量印刷精美的画报。我至今依稀记得画报上的儿歌，"说华西唱华西，扳着指头数农机，抽水机、拖拉机……"那时父亲的工资虽然不高，但在子女的教育上，他的意识绝对超前，而且十分舍得。我初中毕业的母亲，在农忙之余，教我们背儿歌。不识字的我，手捧画报也会在农家小院，装腔作势大声地读儿歌……其实，我根本识不了几个字。

乡下的日子称得上穷，现在却常常潜入我梦中。

我与二道街的交集，缘于寒暑假，那时我母亲会像"超生游击队"一样，肩背手拎，拉扯着三个孩子进城。

父亲的单位分给他一套房子，在二道街的半山腰。对一直生活在平原地区的我来说，眼前是全新的景象。

二道街是我对城市最早的记忆。

八十年代中期，也就是我小学毕业那年，我们全家从沭阳乡下，通过农转非成为城市人，搬迁到二道街。

后来因为工作、结婚，我看似离开二道街，其实一直没有。我怎么会离开二道街呢？

我父亲和母亲一直住在二道街。

有父母的地方就是故乡，就是家园。

对二道街我是熟悉的，像熟悉掌纹一样的熟悉，不大的街道，横亘在半山腰。向上有数不清的羊肠小道，通向幽深的大山——北云台山；向下就是港口，像日渐繁茂的树枝，今天抽出一片叶，明天长出一根枝，越来越肥硕……

第一辑　小街连云

二

父亲退休后，曾有一段时间我经常和他们单位合作，如逢年过节时晚会的主持词、晚会中需要的节目，我都会参与撰稿。

2008年，父亲的单位已经走过75个春秋。连云港1933年开港，同年就设港口局船队，后改叫连云港轮驳公司。单位大庆，决定搞一个电视专题片，解说词由我撰写。

那年秋天，在连云港蔚蓝海岸大酒店举行首映式，港口许多单位受邀参加，有海关、海事局、商检……活动热烈而隆重。

席间一个很腼腆的男子，四十岁出头，走到我背后，很关心地说，"你是王学书的女儿吧？等会儿你怎么回去？"

当时是晚上十点多，窗外的城市，黑黢黢的，灯光照不到的地方，就是深不见底的黑暗。

他是谁？

他应该和我父亲关系不错，这是我的第一感觉。

那晚主办方事先对我已有安排，有司机接送。他知道后，就放心地离开了。当晚人头涌动，杯觥交错，人声鼎沸，我还来不及细看，他已消失在人群中。

他是谁？从父亲那里我得到了答案。

他是无锡人，姓顾，大学毕业分配到轮驳公司。无锡经济发达，相比起来，连云港就落后很多，收入也少，他来上班提不起劲，后来他索性常年不来，在家做生意。单位领导开会，决定开除他。

我父亲不同意。其实他根本不认识这个青年。

061

我父亲认为，一个家庭培养出一个大学生是不容易的，他还年轻，不能把他推向社会就万事大吉。单位应事先尽告知义务，如果在规定时间内他还不来，再开除也不迟。

做事留有余地。父亲曾对我说过这样的话，他也是这么做的。

这个青年接到单位限期上班的通知，火速赶到单位。对大多数人来说，一份国企的工作，不是那么容易舍得丢的。

我父亲是一个连三岁孩子都不愿得罪的人，对有知识的人，尤其是大学生，总是格外高看一眼。

在他看来，一个单位缺一两个人才，问题不大，外面人才多的是，但一个人一旦失去一两次机会，命运有可能就改变了。

我一下子理解了那个青年，为什么对我父亲会如此感激。父亲退休后曾有一次到单位办事，这个青年知道后，上前一把搂住了我父亲，说："我终于见到了你，你是我的恩人。"

这个无锡人现在已经成为单位的中坚力量。父亲十分笃定地说，人家那些书可不是白念的。

人的一生总会遇到一些说不清道不明的事，父亲曾把他年轻时遇到的一件奇事讲给我听。

有一年大冬天，他走亲戚，到一条河对岸的姑妈家。住了一宿后，他急着要回家，无论亲戚怎么挽留都不行。

到河边他傻了眼，河面上结一层薄薄的冰，摆渡的人不见踪影，只有一条破旧的木船在河边。他四下望望，连一个人影都不见。应该是"野渡无人舟自横"的那种。

父亲想回亲戚家，又碍于面子，想回家，又无人摆渡，最令他着急的是，天空竟然飘起了小雪花。父亲觉得如果不想办法，可能就会被冻死。他决定自己摆渡，上船后他也学着摆渡人的样子，可是船根本不听指挥，慢慢向河中心漂去，这下麻烦更大了。他决定下水游到对岸，尽管父亲水性好，可这毕竟是大冬天啊！

在冰冷的水里，他挣扎着向对岸游去，离岸边已经很近，可是精疲力竭时的人，是强弩之末，哪怕连一步也不能多游。他手脚已被冻得慢慢不听使唤，身子也下沉，那一刻，他绝望了，估计这次非死不可。

忽然岸边有人朝他喊叫，父亲一下子来了精神。

喊他的是一个老人，须发皆白，天冷，老人家上街买草，扛着扁担，扁担上绕着一捆粗麻绳，用来捆草的，他也准备过河。见河里有人，尤其是大冬天，他能不叫唤？

在这个白发老人的帮助下，父亲才游到对岸，其中一个细节是老人把绳子扔向父亲。最后凭着这根绳子，父亲活了下来。

多年后，父亲想起这件事还是觉得奇怪，冰天雪地的咋就遇到一个白发老人了呢？

在我心中，这是上苍对一个善良人的护佑。

三

著名作家史铁生说，许多事可以急，只有死是不用着急的事，它一定会来。

2017年1月13日深夜，我接到姐姐的电话，说父亲吐血了，现在已经在医院里住了下来。那时我住在海州一个偏僻的村子里，陪读。自从接到姐姐的电话，我的眼泪就流个不停。天还没有完全亮透，我就出村子等车，明知六点钟才有第一班公交车。

村头的公交站台，显得异常空旷孤寂，我孤零零地站着，朝公交车来的方向，张望了无数次。

一月，寒风往肉里钻，我浑身裹得严严实实，心里是一片冰凉。

父亲，七十六岁了，如果用一辆战车作比，这辆战车已经伤痕累累，高血压、糖尿病、心脏上还有两根支架……我妈曾感慨，他这辈子尤其是五十岁后不知吃了多少药，每次都是一大把，看了让人心惊肉跳。天哪，现在又多一种病，是什么病呢？

唉，真不知，在这个世界上他还能活多久。

经医院确诊，父亲是肺癌晚期。其实离父亲体检刚刚过有三个月，当初并没有查出异常。三个月后已是晚期。父亲不吸烟，怎么会患肺癌？不好解释，人生中有很多事真的弄不明白，人要做的就是接受，就是在突如其来的困境中，努力争取突围。

家里决定不把病情告诉他，怕他担心。

他曾说过，如果是那个病就不要治了。

那个病是指癌症。

对我来说，无论是什么病都要给他治。

病情逐渐加重，他也预感在世日子不多，但他在子女面前流露出的是与疾病抗争的顽强。一旦和母亲在一起时，他就唉声叹气，说这口气太难断，不想活。

父亲，一直是沉稳的人，一辈子经历了太多的风雨。但癌症晚期，疼痛来袭时的父亲，显然已经慌乱。他两眼溢满恐惧，恐惧点亮他的双眼，那亮光带着金属的光泽，是冷的，直扎我心，可是我有什么办法呢？真的是束手无策啊！

只能用吗啡了。

"快,快,动作快",我清晰地记得,这是他费尽全力对我哥哥说的一句话。那时我哥哥正准备给他打吗啡。打吗啡的间隔时间越来越短。一开始是八小时一次,后来是六小时,再后来是四小时。

癌,这个恶魔,越来越适应吗啡了。保护父亲的最后一道防线已慢慢被击破。作为一个正常人,无法体味在"疼"面前一个人的无奈、无助和脆弱,但我坚信,那一定是让人求生不能求死不得的折磨,连我刚强的父亲都懦弱了。

被癌症折磨六个月零十一天后,2017年6月24日清晨,我的父亲,死了!

我心中的痛,直至今天也无法言说。我一下子理解,在生活中有些人对逝去的亲人不愿提及。不愿提及,不是不想,是因为太想,一提起,痛就从心底升起,像水的波纹一样,向四肢漾起,哪怕是发梢都在战栗,一时是心意沉沉,万念俱灰。

让我再一次对父亲刮目相看的是,那天天亮以后,我母亲从柜子里拿出一张纸,上面竖排写着很多名字,是父亲的字迹。

他交代我母亲,自己闭眼后,要给这些人打电话。这些人都是他的好友、同事。他还特别交代,如果是深夜,一定要等天亮后打,不要影响人家休息。

天亮时,我家一下子涌进了很多人,而我却陷入黑暗的深渊……

我的父亲,我的亲人,你的离开,怎能不让我心痛?你不仅教我如何生,还教我如何面对死。

我的妈妈也流泪

那年夏天,我爸爸走了,再也回不来了。从爸爸生病到去世,六个月零十一天,我不知流了多少眼泪,也不知眼里哪来那么多泪,随时随地,泪水都能汩汩地往外流,像接通了长江黄河似的。

我妈是个很特别的人。我爸自生病到下葬,我没见她掉一滴眼泪,只是脸冷得似一块铁。对此,我心里是一肚子气:这人的心到底是肉长的,还是石头长的?她也看不惯我,动不动眼泪就珠子似的滚落下来,动不动就泣不成声。有一天,我回到家,看我爸奄奄一息,躺在床上,当时医生建议他出院回家休养,其实是病入膏肓,无法医治。用老百姓的话说,就是回家等死。推开门的瞬间,我泪水又是夺眶而出,担心打扰到爸爸,我只好悄悄地躲到另一个房间。

"哭,哭,一天到晚你就是哭,要是我能替他死,我就替他死了!"我妈见我哭,很是生气,剜我一眼,然后冷冷地抛出了这句话。这是什么话,我爸要死了,我能不哭吗?但我一句话也不想反驳她，只是心里在恨她，觉得我爸一辈子宠她简直是不值。

我妈出生在干部家庭，我姥爷曾是县委主要领导。年轻时，我爸费了不少心思才把我妈追到手。当时我爸是穷小子。我妈为了和我爸结婚，和娘家关系一度很僵。所以这辈子，我爸一直把我妈当成手心里的宝。我爸曾说，不能和她吵架，和她吵架她连去的地方都没有，别人有娘家回，她去哪儿？我妈对我爸怎样呢？一滴眼泪都不带掉的。

得知我爸病了，我小姨从常州匆匆赶来看望，也陪陪这个老姐姐。

小姨说："你妈这人啊，过去最好哭了。"我妈好哭？这让我有点吃惊。我姥爷和我姥姥离婚不久，我姥姥就病死了，年仅四十二岁，我大舅已成人。我二舅和小姨，一个十二岁，一个十岁。按农村习俗，我妈必须和我爸在一百天之内结婚，叫"百里拖"，否则就要等三年。那年二十二岁的我妈和二十五岁的我爸结婚了，为了给二舅和小姨要生活费，我妈经常去县里找姥爷要。当时姥爷已重组家庭，为此矛盾丛生，每每受挫，我妈就常常独自一人，来到村西的坟地，趴在姥姥的坟上哭得是天昏地暗。庄子上人听到哭声，都去劝她，一年三百六十五天，我妈不知要趴在姥姥的坟上哭多少次。在我妈的眼泪中，我二舅和小姨逐渐长大。

真不敢相信，做女儿时的我妈真真是水做的，流那么多泪。这些她从没有和我们说过。这似乎也不是她不为我爸流泪的理由。

6月24日，那天天快亮时，我爸——这个世界上最疼我的人，去了。在我爸弥留之际，我妈把我和姐姐喊来，叮嘱我们说："你爸快不行了，等他闭眼时，你们不能哭，这是风俗，要等天亮时，给亲朋好友送过信才可以哭。"看着已经没有呼吸的爸爸，我丧魂落魄冲到另一个房间，趴在床上，用毛巾被堵住了嘴。

天亮时，我妈冷静地拿出我爸去世前拟好的名单，上面都是我爸朋友、同事的名字。他生前交代我妈，自己闭眼后给这些人打电话。我妈沉着冷静，有条不紊，像通知别人家的丧事一样，把我爸去世的消息一一通知他的好友、同事，连声音都控制得像平常一样自如。

我妈是在我爸下葬几天后才大哭的，她背着我，当着姐姐的面，倒在床上，人哭成一团。有一天，姐姐红着眼睛把这件事告诉了我，还说我妈一辈子最爱两个人，第一个是我爸，第二个是我哥。我爸去世了，她能不难受吗？在我印象中，我妈是爱我爸的，从一些小事中都能看出。有一年，我爸到大连去出差，他们单位的船坏了，当时只有大连那边才能修。我爸去了几天，我妈舍不得买肉给我们吃，天天中午都是大白菜炖豆腐。那时家家都在楼道里用煤炭炉炒菜做饭，全楼人家吃什么都不是秘密。对门的叔叔有一天，忍不住说："老王不在家，你也太省了吧！孩子长身体了，也不能太受亏。"我妈脸都被说红了。在我家，有什么好吃的，我妈第一个就想到我爸。我姐说，我妈也真是太能忍了，她担心自己一哭家里就更乱了，谁来撑住局面？我爸去世了，她自然取代我爸，成为这个家的顶梁柱，为我们三个孩子撑住局面。

我一下子理解了我妈，对自己不禁自责起来。在一个历经风雨的老人面前，有些事我们仅从表面，很难读懂它背后潜在的实质。我最大的庆幸，就是当时无论对妈妈多么不解，都是埋在心里，和她没有发生任何冲突。

　　我爸去世后的第一个清明节，我们全家一起给我爸上坟。在我爸崭新的墓前，一直端着架子的我妈，像一棵轰然倒下的树，扑在坟前，哭声像刀子一样直插在我的心脏……我和姐姐都上前拉我妈，不给她哭，担心她年纪大，哭坏了身子，也就是在那一刻，我理解我妈为什么一见我哭就气呼呼的，她是担心我哭坏了身子啊！

　　我爸走后，我妈常常流泪，不过都是在我姐姐面前。在她眼中，姐姐是长女，比我坚强得多。在我面前，她从不提我爸，我在她面前，也假装这个世界上从没有这个人存在，但我们彼此都心照不宣，在心里哭这个把我们顶在头上怕摔着、含在嘴里怕化了的男人。

　　在我成长中，从不说教的我妈，一直以行动告诉我，生活的样子是多变的，人也该是多变的，有时要像水，有时要像钢，就像一个女人的角色，年轻时是女儿，长大后是妻子，接着成为母亲……每一次角色的转变，都预示着责任的叠加，连流眼泪都要注意拿捏。

　　我的妈妈也流泪，只是她把脆弱深深地藏在心间，不想让脆弱的我发现……

小街连云

连云老街

记忆的长篙,悄悄地搅动静静流淌的岁月,昔日的连云镇,画卷似的飘在我眼前,我知道此时的我韶华已逝,可我却固执地让自己沉浸在过去的岁月……

父亲那时真是年轻极了,走路风似的快,我总是一路小跑才能跟上他。爬连云港的大坡他也是健步如飞,我们姊妹三人都小鸟似的跟在他身后,他喜欢带我们到连云港影剧院看电影。在连云港影剧院我看过不少电影,印象深的有《追捕》《尤三姐》……当时电影院有规定,不可以吃瓜子、花生等带皮一类的东西,总是有工作人员在观众席间巡视。有一次我手里拿着小果子(当地的一种油炸面食),尽管很饿,一直忍着不敢吃,直到看完电影走出影院,才狼吞虎咽起来……想想儿时的自己,也真是老实得可笑。

那时的连云镇上,有不少外国人,到了周末,只要有时间,父亲总是带我们去连云港玩,出家门时父亲说见到外国人,不要直勾勾地盯着看,那样会显得没有礼貌,也显得没见过世面。我们都点头。那天我们在八台口遇到几个黑炭似的外国人，我忍不住地盯着看了起来，把父亲的话忘到爪哇国了。哥哥见我的傻样，赶紧去向父亲报告，并且把我看人的眼神还学了一遍，我自然受到了父亲的责怪。父亲说，如果下次还这样盯着外国人看，就不要出来玩了。以后在连云镇，我又陆续见到一些肤色各异的外国人，那时我的目光总是蜻蜓点水似的掠过，不敢注视太久。父亲对我的教导起了作用。

有一阵子流行戴手表，父亲决定也给母亲买一块。那时我们周围的邻居只要买重要的东西，都一律向东向东，到连云港去。有一个星期天，我们全家出动到连云港华侨商店，帮母亲买手表。记得手表的牌子是宝石花牌，表面是当年最流行的款式，仅有指甲盖大小，表身金灿灿的，价格是六十八元。看到母亲雪白的腕上带着锃亮的手表，我们羡慕极了。父亲站在一边，脸上带着得意的笑。

在有关连云港的记忆中，还有惨烈的一幕。有一年冬天，一辆军用吉普车冲断中山路北面的栏杆，飞身到八台口下，有十几米的高度吧。当时有很多人围观，我像许多人一样趴在八台口的栏杆往下望，只见吉普车瘪瘪地趴在下面，车身没有翻。听过路的人说，里面的人都死了。当时我惊恐地看着这一切。事隔多年，不知连云港的人，还能不能记起，七十年代末发生的这桩令人毛骨悚然的车祸。

连云港新华书店，该是连云港市海拔最高的书店了。每到星期天，我都要从大松树坐车到连云港洗澡。那时沿途港务局子女，都要坐车到连云港洗澡，八台口下的港口有两个大澡堂对家属开放。那时，洗澡后的头等大事，就是到连云港新华书店去。尽管书店位置比较高,但丝毫不影响我们阅读的兴趣,一拨又一拨的人,像我们一样撅着屁股,一步一步地往上爬。下午的时光,里面总是人头攒动的情景,在里面我阅读了不少文学书籍,印象深刻的是,有一次我还买了一本杂志——《中篇小说选刊》,因为我朝同学借了两毛钱才买成。

在连云港的街上,我曾遇到过两个女子,至今她们的模样还在我的记忆中,我一直有寻找的念头,可是一切又是那么的没有头绪。又一个星期天,我洗过澡后,走到现在临海路小学那个位置,从坡上迎面走来两个妙龄女子,身材窈窕,长发飘飘,皮肤白皙,像从画上走出来的,随之而来的还有一股淡淡的香味。她们的着装也是时髦至极,那就是两人都穿着深蓝色的牛仔裤,紧紧地裹着臀,这着实让我惊诧,她们来自哪里?北京?上海?记得当年有一部电视剧《她的代号白牡丹》,在连云港拍摄,她们会是里面的演员吗?这些已无从查考,但她们在我的印象中却一直没有老去……

现在,连云港老街开街了,落寞的街道上人影多了起来,两边的商店也整齐划一,记忆中的一切被水重新洗过似的呈现在我眼前。年老的父亲,蹒跚着脚步,一直默默地走着,不时抬头看看重新装修过的门面,一句话也没有。我的孩子走在街上,一直是兴致盎然的样子,她说,连云港终于有一条有自己特色的街了,这真是一件好事。

记忆中的东西,总会被自己的情感,打上一层亲密的烙印。今日的老街在我眼中,实在是熟悉得有点陌生。

第一辑 小街连云

饭苍蝇

在绝大多数人的印象中，苍蝇实在是一种恶心的飞虫，平时听到它的嗡嗡声，心里都不舒服，如果吃饭时吃到一只苍蝇那更是大煞风景。而我却不是如此。

我曾在一个渔村小学任教两年。

当时，我和几个年轻的老师住在学校。办公楼的隔壁就是两间低矮的红瓦房，那是厨房。印象最深的是，每天中午都吃海蛎豆腐汤，由于海蛎子都是刚刚敲上来的，所以味道特别鲜美，百吃不厌。

六月，也是我在岛上过的第一个夏天。天气渐渐热了起来。整个岛上空气中都弥漫着一种腥咸的味道，晴天还好些，如果是阴天那种腥味更为浓烈，苍蝇也越来越多。

厨房里的苍蝇，起先有三五只在里面飞呀飞呀，嗡嗡地叫呀叫呀，我们还想办法把它们往外赶，后来实在是太多了，我们也失去了赶的信心，只好听之任之。尽管有纱门纱窗，但是由于外面的苍蝇队伍庞大，不断有强攻的，总有乘机冲进厨房耀武扬威的、张牙舞爪的或苟且偷生的，当然总有不幸的事发生，那就是总有冒失鬼掉到锅里，或掉到刚刚盛好的饭菜里。我们也见怪不怪，把它们的尸体匆匆捞出，放在水龙头冲进下水道，以解心头之恨。当然饭菜是照吃不误，尽管心里不舒服，但是也无计可施。

　　印象最深的是在一个闷热的阴天，午饭时，我和几个年轻的老师刚刚来到厨房门前，只见一人多高的纱门上，爬满了黑压压的苍蝇，大有"黑云压城城欲摧"之势，也给我们带来一种想象，那就是苍蝇的世界是不是在举行什么盛会？我翘着手指撩开纱门一角，老师们一个个冲锋陷阵般地往厨房钻，担心苍蝇飞到厨房。本以为自己的准备是十分充分的，等冲到厨房，才发现苍蝇的先头部队早已在此安营扎寨等候多时，我们的到来，引起苍蝇界一阵不小的骚动，但和外面的情况相比还是小巫见大巫。

　　因为阴天加之厨房本身低矮，所以光线较差，我准备去拽灯线，起初没看到灯线，我还纳闷，再仔细一瞧，天哪！原来灯线从上到下全被苍蝇占满了，也许它们把它当成秋千了吧！由于苍蝇太多，那根灯线简直像是苍蝇拧成的。我还是把灯拽亮了，这一亮非同小可，又惊起了屋顶上的苍蝇，霎时间屋内的苍蝇又飞又叫，好不热闹。我们只有用手在眼前挥舞的份儿了。

　　做饭的阿姨还算负责，她走时把炒好的菜用碗盖好，以防苍蝇先吃。海蛎豆腐汤盖在锅里。其中一个眼睛近视的女老师，先揭开了汤锅用勺子盛起来。盛好后，她端着碗走了过来。后面又有一男老师走上来拿起了勺子，他还没盛就大喊起来，天哪！里面不都是苍蝇吗？我们一个个都围了上来，看到锅里真的漂一层苍蝇，黑乎乎的一片，有的还没有毙命，在汤上伸腿掼脚，有的刚刚落到锅里努力作挣扎状。一开始我们不明白，锅是盖着的，苍蝇怎么会飞到锅里呢？后来才明白，掀开锅的瞬间，一股热气也冲了出来，飞在空中的苍蝇和趴在屋顶的苍蝇防不胜防，被热气击中，自然纷纷掉进锅中了。

有一个娇气的女老师看到了，伸着脖子直想呕。我们也是无所适从。这时，一个男老师自告奋勇拿起饭勺说："苍蝇有什么好奇怪的？你们知不知道啊！厨房里的苍蝇都是饭苍蝇啊！"听后我们都笑了起来，也附和着说是饭苍蝇。不过，那天吃饭时，气氛失去了往日的活跃，一直是沉闷的，像快要下雨时的天气。

当然，我们那群年轻人并没有因为苍蝇而在教学上有所懈怠，在三尺讲台上面对着一双双纯真的眼睛，努力地讲解着、比画着……

写下这些文字，忽然记起一位作家的话，他说："所有伤心的事情一旦成为回忆，就像渍了糖的苦菜，总有甜丝丝的味道。"是的，记忆中的饭苍蝇，想起来并没有那么恶心。

小街连云

若断若连多少年
——我与《花城》的故事

此刻,说到《花城》,我心情极为复杂。

在江苏北部的一个小城,我四平八稳地过着普通人的日月,城市不大,但是风光旖旎,前海后山。知道海子的诗吗?"面朝大海,春暖花开"就是这样子的。

这里的山,这里的海,甚至这里珍珠散落般的山上人家,都是一首首诗、一篇篇散文,但我可以肯定地说,这里写诗的人比读诗的人要多。纯文学在这里发出的光芒是微弱的。一个在江苏颇为有名的作家,曾沉重地说,他的家乡连云区是文化荒漠。

是的,我生活的这座小城,尽管有山有海,在文化上却真的是一座让人心悸的荒漠。

在小城里走一走,饭店、烧烤摊、服装店、超市,应有尽有,人声鼎沸,唯独缺少书店的影子。离连云港不算太远的扬州,不愧是文化名城，书店不仅多，而且规模和规格都不一般，印象深刻的是一家六层楼的书店，外文书一层楼，古文书一层楼，文学书一层楼，工具书一层楼，少儿书一层楼，还专门开辟不小的地方摆放杂志，当今中国纯文学杂志在那里都能找到，让我这个在小城市生活的人，置身这样的书店，像钻进了蜜罐。那天，我们一家三口在书店足足待了一天。我的孩子走出书店，也是连连感叹，你看看人家扬州，真的好啊！

连云港的连云区，是港口的门户，书店是极少的，零星的书店里，火热的是各类教辅书。纯文学书，除非是大纲规定的必读书，否则，过问的人很少很少。纯文学杂志在这里是珍稀动物，难觅踪迹。在离我们不远的扬州，我久违的杂志，如《花城》《十月》《当代》《收获》等，像一件件上好的瓷器，被店家小心翼翼地摆放在书架上，流连书架前的人影，都露出寻找光明般的眼神。

我第一次看到《花城》杂志，是在位于半山腰的那个书店，有人曾按海拔多少米算那个书店，是江苏海拔最高的书店，连云港书店。

那是八十年代中期的事。

现在，《花城》在我生活的这个小城，很难看到，很难很难。这是《花城》的尴尬？这其实是我们这座小城的尴尬。

那个时代，中学生中有许多人读杂志，如《当代》《十月》，当然也包括《花城》。现在这些老牌杂志依然在，但是与这些中学生好像隔着一座大山。

我是一个与学生打了二十多年交道的培训老师，在我接触的中学生中，我曾问一些作文特别好的孩子，其中有一个孩子是某一年我们市的中考状元,语文考最高分,我问她一些纯文学杂志读没读过,其中有《花城》,她羞涩地摇了摇头。

八十年代中期,我读初中,那时每到星期天的下午,我都要到港口的职工澡堂洗澡,洗过澡后,就和几个要好的同学到新华书店看书,如果去迟了,连坐的地方都没有,一个个都捧着书蹲在柜台前看。那是一群低头闻着书香的低头族,和现在捧着手机的低头族迥然不同。

书店专门开辟一个书架,上面陈列一些杂志,《收获》《当代》《十月》《花城》……在那些杂志中,《花城》吸引了我。我对遥远广州的认知,来自作家秦牧。他的散文《花城》中有关花市的描写,让我在落雪的北国冬季都能闻到南国喷鼻子的花香。

我读高中那会儿,琼瑶小说风靡校园,几乎人手一本。那时,我在书店买了一本《花城》杂志。

在上面我读到了张洁的小说《祖母绿》,那是真正让我对爱情产生憧憬的一篇小说。我沉迷于三个人的感情之间,对曾令儿由衷地敬佩,对那个高大帅气的左葳充满迷恋。我甚至做过设想,如果我遇到一个像左葳那样的男人,我也愿意像曾令儿那样,爱得执着而忘我。

那时豆蔻年华的我,对这部描写成人之间感情纠葛的故事深深入迷,我真真切切地感到,男女之间有一种爱是至高无上的,是没有条件的,这种爱是圣洁的。它也让我明白,有一种爱叫远离。

这是第一篇真正打动我心的,有关爱情的小说。我也喜欢小说的语言,如开头一段:"黄昏像一块硕大无朋的海绵,将白昼的炎光，慢慢地吮吸渐尽……"这是散文诗一般的语言。后来，我又陆续在《花城》中读到一些小说，大都是春去了无痕。

《祖母绿》没有，《祖母绿》怎么可能在我记忆中不留痕迹？

一本好的杂志，就是一个好的平台，它让真正有才华的作家在上面用文字舞蹈。一本好的杂志，对读者来说，就是一个好的舞台，无论是躺着还是坐着，都能从中欣赏到作家用笔舞出的世界。

当然，编者从中起到的作用更是不可估量。一本好的杂志更离不开编者。慧眼才能识珠。《花城》背后的编者，应该都是有双慧眼的智者，否则不可能有那么多堪称震惊文坛的文学精品，在《花城》亮相。

因为《花城》，我记住了《祖母绿》；因为《祖母绿》，我喜欢上作家张洁。

后来位于半山腰的连云港书店，因为城市发展中心的转移，和另一个位于镇上的书店合并了，自此一些杂志从书店消失。

大概在 2004 年，我在闹市区的一个私人书吧，看到了《花城》《当代》《收获》等杂志，从书店的装潢和摆设，看出店主是想在小城干一番事业的。他在书店内设置了咖啡座，营造这样的读书氛围，在许多城市不新鲜，但是在我生活的这个小城，算是开启了先河。但是不久，书店的规模在缩小，门面被切割出一部分，租给别人经营鞋子。店里的员工说，书店不挣钱，纯文学书的销量是很少的，杂志基本无人问津。店里一个上了岁数的老人，应该是店老板的老父亲，对我说："你是一个有操纸（造诣）的人。"可能因为我每次去，都看一些他认为很有品位的书。

不久，那家书店不知所踪，原先的店面完全被鞋店吞噬。

现在我手头最早的《花城》杂志，是 2014 年第 5 期，上面有我非常熟悉的作家名字，他们是我们江苏文坛的腕儿，如叶兆言，如贾梦玮，如罗望子，可见《花城》一直是我们江苏腕儿的发表高地和重地，他们以让自己的文字在《花城》绽放为荣。

我所生活的这座小城，是纯文学的洼地，但这并不影响纯文学杂志纯心向上的发展。全国文学期刊众多，有人把《花城》称为四大名旦中的花旦。时光荏苒，多年以后，再见《花城》，它依然婀娜多姿，一些更年轻的作家借助《花城》这个舞台，捧出了更具时代气息的文学大餐，以事实证明《花城》中的"花"一直是鲜的，一直是香的，有蓓蕾初绽，有老树新花，一派生机。

"无论，你看还是不看，我依然活泼泼地开。"我想，如果《花城》能语，该回应这样一句霸气十足的话，活活地羞煞阅读量有限的我，还有我生活的这座小城。

第一辑　小街连云

杯子里的春天

　　离家二三里的一个山洼子里，有一片茶园，一条条，一行行的茶树，从半山腰流淌到山脚，层层绿色水流似的。山间常常是白雾缭绕，清风徐徐。茶园边有几条白练般的小溪，欢快地流过。茶树长在这里，实在是得天独厚，怡然自得。

　　初春时，我喜欢登山，常常经过茶园。茶园的主人是一对年老的夫妻，站在碧绿的茶树丛中，手鸡啄米似的采摘枝头的嫩芽，眉宇间藏着笑，春茶上市，价格不菲，这是春天对勤劳人的馈赠啊！一片片嫩绿的芽，很快从枝头飘到身边的竹篓中，老夫妻你一言我一语地告诉我，几斤青叶才能炒成一斤茶呢！看老人写满风霜的脸、枯枝似的手，我明白采茶的辛劳，这种站在雾岚清风里的付出，看似诗意，实则禁不住时光的敲打。所有的收获都饱蘸艰辛。青叶成为茶，路也不是那么的平坦。叶芽从枝头跃下的刹那，就开始走上了成为茶的漫漫长路，经过杀青—搓捻—烘焙等复杂的程序，最终华丽转身，脱胎换骨，成为荡漾在杯中的春天。

后来我喝的茶都是从这个茶园买的,名叫云雾茶。我们连云港的云雾茶,可是江苏三大名茶之一。

单单说到茶,就对我们的祖先顶礼膜拜了,其他的发明或发现就不用说了。大自然,植被包罗万象,多如牛毛,让人眼花缭乱,谁承想,有一种树的绿芽,会被制作成茶,不仅成为一种饮品,还上升到文化的高度,与哲学、美学、医学等学科结合,形成独具特色的茶文化,成为中华文化家园中的一朵奇葩。

对我来说,晨起,最重要的一件事就是烧水,泡一壶茶。一天的时光,寸寸的光阴就靠它滋润了。

茶中,我只喝绿茶,而且不能太酽。喝第一遍的茶水,觉得滋味很淡,似有若无,像童年时的美梦,依稀从记忆中飞过,雪泥鸿爪,每每想起,腮边是带泪的微笑。喝第二遍的茶水,才感觉有些许的茶香。壶中的茶叶,涉水不久,羞涩得不敢舒展身子,只能让茶味徐徐地散发,缓缓地,悄悄地,唯恐迈大了步子,闯了祸。有"和羞走,倚门回首,却把青梅嗅"的娇怯。喝第三遍的茶水时,茶香浓烈,水唤醒了茶叶的斗志,茶叶一下子来了精神,把从天地间采集的自然精华,一股脑儿地抖擞出来,高歌猛进,肆意昂扬,执着向上。于是茶香像歌会的高潮,淋漓尽致地挥洒,竭尽所能地释放,婀娜多姿地飞舞,此时的茶多像活力四射、志在四方的青年啊!喝第四遍的茶水,它温和而不莽撞,浓郁而不猛烈,茶香由浓自然过渡到淡,令人思忖,不久前的那股激烈,是否真实的存在过。天空没有鸟的翅膀,鸟儿已飞过。就像人到中年蓦然回首,不敢相信,青春已远走。

第一辑 小街连云

　　我杯中的茶是禁不住第五次浸泡的，这时的茶叶早已久炼成钢，安稳从容，任你水温多么的适中，水质多么的柔滑，它依然从容地静默在一片清澈中，沸腾中的翻滚，氤氲中的绽放，已成过往，因为曾经努力地打拼过闯荡过，一副安然无悔的样子。此时的茶，犹如人，步入老年，只求岁月静好，现世安稳。

　　我是爱茶的，一年四季，透明的杯中，不能没有茶的影子。它不仅温润了我的喉，安稳了我的心，明亮了我的眼，驱走了我的累，自始至终它还像一首充满哲理的诗篇，蕴藏无尽的人生玄机，让我每日在杯中世界，体味况久的人生之味，感受碧波荡漾的春天。

花朵，开在石头上

在我们二道街，女人是属于大海的，大海也是属于女人的。

沿着二道街的山坡往下走，就到了海边——黄海。涨潮时的大海，脾气坏得很，除去发出巨大的声响，海水就是来来回回地推、搡、揉、拍、打、晃，一会儿杀气腾腾地前涌，一会儿咬牙切齿地后退，一会儿又不按套路地横冲直撞。那时站在海边，看到涨潮时的大海，人会无助，也会觉得自己渺小，渺小得不如一只蚂蚁、一片树叶。

落潮后的大海，脾气好得让人不敢相信，偌大的海面温柔恬静，海面上闪着细细的鱼鳞一样的涟漪，像平铺的巨大的蓝绸，在微微地抖动，美得让人想裁一块下来，迎着风疯跑，炫耀。

二道街女人挡不住落潮时的大海，落潮时的大海，海水谦逊地后退了，特别迷人，也更加诱人。它脾气柔顺了，胸怀也变宽阔了，以前被海水又搓又揉又打的礁石，这时全裸露在白花花的天光下，你会看到礁石上的海蛎子像绽开的花朵，密密麻麻，层层叠叠。看的人心痒痒,手痒痒,看的人想流口水。

海蛎子,二道街人家餐桌上,一年四季常见的美味。海蛎和鸡蛋、海蛎和猪肉、海蛎和粉丝、海蛎和青菜……在二道街人眼中,海蛎虽小,能挑大梁,随意和哪一道食材相搭,小小的厨房,就飘有大海的味道。

在我们二道街,如果夸一个女人,可以这么夸:"某某一天能敲十几斤海蛎子,能干死得了。"这里的死,不是真的死,是能干到极点的意思。这样的女人是好女人。二道街人坚信,人身上的劲,像山泉里的水,舀不干。有这样信念的二道街女人,是闲不住的,一年四季,不是上山,就是下海。

南方,莲叶何田田,相约采莲的女子,笑声落了,歌声起,歌声落了,笑声起,起起落落,水里的鱼都听醉了,躲在荷叶下一动不动。在二道街,女人与女人常常相约到海边,敲海蛎。这时的海边是热闹的,一些海鸟上下翻飞,卖弄优美的身姿,不时发出快乐的鸣叫,大海听了也快乐地泛起细细的皱纹。落潮时的大海,敞开心扉,献出自己的宝贝,任人拾取,任鸟叼啄。在海边,人与鸟共享大自然的馈赠。这时你会觉得,人并不比鸟高贵。

住在海边的人都识得大海的脾气,记住潮汐的时间,什么时候躲着大海,什么时候靠近大海,心里都明镜似的。这也是海边人的智慧。

二道街女人下海敲蛎子都有行头的,除去带敲蛎子的工具,就是把自己的头脸包裹得严严实实,只露出两只眼睛,忽闪忽闪的。海边风大,下海的女人,头上都包头巾或戴帽子。各色的头巾或帽子,像是海边绽开的花,海风中开,海岸边开,花花绿绿,成连云港海边的一道景观。

敲海蛎时一定要穿防滑的鞋，礁石上有海蛎壳也有青苔，滑溜，一不小心滑到淤泥里，那可不是闹着玩的。为了保持身体平衡，人走在高低不平的礁石上，都得猫着腰，一天下来，腰酸背痛。敲海蛎可是一件苦差事，敲的时间越长收获越大，人也越辛苦。二道街女人敲海蛎，从不叫苦，她们说，不苦能吃到海蛎子？它总不会蹦到你碗里吧。是的，人世间，有多少事不是吃苦换来的。

二道街在一个山洼子里，以前那里的房子都是石头砌墙苫红瓦，又低又矮，现在不同了，都建起清一色的各式小楼，有人说是别墅，有人说是海景房，都对的。这些小楼有的就是女主人用蛎钩，在礁石上一下一下敲出来的。想想真是不可思议，然而是千真万确。

在连云港山上人家，你会看到房前屋后，有一堆一堆的海蛎壳。不要诧异。有人把海蛎连壳铲来家，坐在院子里，对着门前的大山，再一个一个地撬海蛎，撬下的壳堆在房前院后，在阳光下白闪闪的，像长年不化的积雪。二道街山上人家，除去有花草树木的香味，还飘有大海的腥咸味。

站在二道街，向北边看海，近处是港口、码头，远处才是天鹅绒一样的大海。

二道街女人喜欢追逐大海的脚步，大海走远了，她们也是紧紧地撵上，对大海钟情又痴心，甩不掉。只要是落潮，就想方设法去赶海，当然不忘敲海蛎子。

有一年冬天，离春节很近的日子，人冻得简直不敢露头。我站在海堤上，海风没有规律地乱吹，尽管我包裹得很严实，仍然感到海风威力十足，不好惹。我看到海堤下闪烁着红红绿绿的花头巾，像盛开的花朵，在这些敲海蛎的女人中，有人把敲海蛎当作职业。她们大都没有什么文化，对这片辽阔的海域寄予希望，靠勤劳的双手从大海中取材，努力让自己的生活好起来。由于常年赶海，她们大多脸庞黧黑，双手粗糙，但我能从她们身上，看到海风雕刻出来的那种美。那是海边女人独有的魅力。

生活也像大海，有激流回旋，有风平浪静，只有投入了，才能有回报。

看她们在海边小心翼翼地翻越礁石，身上沾有淤泥，蜷缩着身子，头也不抬地敲海蛎，我想知道，她们是我们二道街人吗？我没有问，觉得也不必问。在寒风凛冽的冬天还坚持下海敲海蛎的女人，背后一定有令人动容的故事。不管她们是哪里的女人，我都觉得她们是不凡的，值得敬佩。

海蛎子，是花朵，是开在石头上的花朵，是一种为勤劳女人绽放的花朵。

小街连云

这里有泉水

云台山的青山绿水,把我们二道街人都宠坏了,喝不惯自来水,说有异味,水杯子里装的都是清亮亮的山泉水。自来水主要是用来冲马桶,洗洗刷刷的。

在二道街,一年到头,上山挑水的人不断,哪怕是大年初一的早晨,山下鞭炮震天响,硫黄味到处窜,鞭炮炸开的烟雾,聚了散,散了聚,泉边源源不断还有人来打水,打水的人也相互打趣,说是过新年,来抢元宝水,喜庆。

这里有泉水。

二道街在北云台山的北坡,东、南、西三面都是山,山上有几处泉眼,数粮站上边的那眼泉人气最旺,连另一个山洼子里的人都绕好远的山路,或提或背着大大小小的桶,来打水。

二道街人嘴刁,水好不好喝,用舌尖试一下就知道,他们会说某处的水碱,某处的水咸,某处的水有铁锈味。粮站上边的那眼泉,甘甜,这是二道街人公认的。

泉在半山腰，离山上最高处的人家，还有一小段距离，泉口有脸盆大，深度有普通的水桶那么深，泉上方有半块青石斜伸出来，像给泉搭了凉棚，这样恰好挡住了树上的落叶和山间的碎石，所以泉一直干净清澈，这也是大自然对二道街人的厚爱。

你说也真是奇，就这么一眼不大的泉，一年到头不干涸，就是旱季，泉里也有水，仔细看，四周有细线一样的条条水流，贴着青石往泉里续水。水流虽细，一直不断，也能成气候。旱季，泉也竭力聚水，惠泽人。

泉水清冽，泉底是长有条纹的青石，蓝天白云倒映其间，明晃晃的。泉看似小，能从中窥到山和天的影子，小胸怀大境界，也是一种风范。大自然中的某处角落，会出其不意地渗透着生活的哲学。夏季，水丰沛时，水平面与边沿齐平，多出的水，淙淙地流向低处。水满自溢，还发出悦耳的声音。二道街人说，人身上的劲就像山泉里的水，舀不干，是有道理的。

有一次，我上山打水，听泉边人讲有关蛇药的故事，当时我大为吃惊，没想到多年前发生在连云古镇的事，在连云地区流传那么广。这个故事，还是我读小学时，听人讲的。新中国成立之前，有一山东捕蛇人，住在连云古镇山上的一户李姓人家。李家人朝捕蛇人要治秃灰蛇咬伤的药，捕蛇人给了，李家怀疑给的是假药，趁捕蛇人不备，和他罐中的药作了调换，结果捕蛇人后来死在云台山上，被秃灰蛇咬的。李家把偷换下来的真蛇药，分成四等份，四个儿女长大后，只要是成家立业了，都分得一份，专治秃灰蛇咬的伤，收钱。有人亲眼看见，李家人用缝被子针的针鼻，挑一点药，吹在伤口上，被咬伤的人很快就能下床走路。打水的人把偷换蛇药的故事,讲得活灵活现,好像是自己亲眼看到的。我听得也入了神。

坐在泉边,一边听人闲聊,一边可以欣赏山间景色。云台山上的景色,一年四季都有特点,都有看头。我特别喜欢看淡蓝色的雾霭,静静地飘浮在幽深的山涧上,一团团,一片片,像朦胧的轻纱,这时如果恰好有太阳的光线,斜照下来,整个山涧就成了一幅没有镶框的画。这样的景色,从小到大,我不知看过多少回,从没有看够的时候。

山下是连云港港口,港湾里停泊着大小船舶,码头上各种车辆来往,现场忙得是热火朝天,这可是热气腾腾的现代生活。山间幽深静谧,草木繁盛,如世外桃源。也许因为打水的人大多是退了休的,不用那么着急地赶着上班,一切也都慢了下来。有一回,一老人讲起自己在码头上班时的日子,我看到好几位头发花白的老人,一下子来了精神,加入了群聊。他们都是从港口退休的,把自己的青春献给了连云港港。草木有再青的时候,人的大好年华,是一去不复返。

近年,我上山打水,除了热衷看花草树木,就是喜欢听泉边的人闲聊,如果能听到类似蛇药之类的当地故事,或有趣的民风民俗,像淘宝人捡了大漏,恨不得挥拳尖叫。现代人的生活空间相对封闭,邻里之间,大多只有在电梯间偶遇。一群人不约而同聚集在青山绿水间,又是说又是笑,说过笑过,又自然地散了,至于下一次什么时候相遇,只有随缘了,这是一种多么难得的奢侈生活。在二道街的山泉边,我常常能享受到这样的奢侈。

有一阵子,二道街的街面上,有一家做面食的店铺,用山泉水和面蒸馍头、包子，烙大饼卖，生意火得不行。因为是手工和面，男主人差点累倒，吃过的人不仅是自己吃，还向身边的亲朋好友推荐，一时间店铺外面的队排得都拐了弯。

现在二道街卖面食的摊点，也有不少人家自称是用山泉水和面的，老道的二道街人，咬一口就能飞快地判断是还是不是。你说，二道街人嘴刁不刁？

山螃蟹

要不是母亲那次骨折,我不知云台山上有山螃蟹,更不知山螃蟹是一味中药,有接骨的功效。

二道街人说,骨折的人吃山螃蟹,夜里都能听到咔嚓咔嚓声,那是骨头在长。父亲听说后,恨不得立马长出翅膀,飞到云台山顶。

二道街是位于北云台山半山腰的一条小街,北面是大海,街南面有通往山顶的路,越往高处,路越少,越难爬。我家住在二道街的正中间位置。

登上山顶后的父亲带回的信息,让我明白,为什么在山脚下看不到山螃蟹。因为山螃蟹喜欢躲在山顶涧沟边的石头下或石缝里,它不会随涧沟里的水淌到山下。夏天,二道街的山涧里,晃着满满当当的溪水,我和许多孩子一样,一天到晚喜欢玩水,我从来没有见过山螃蟹,一只也没见过。

捉山螃蟹是件苦差事。父亲是个胖子,一辈子坐办公室,平常也不爱运动。他进入深山找山螃蟹，比普通人不知要难出多少倍。邻居们听说此事，也直咂舌，说太玄了。

但父亲真的挖到山螃蟹了。山螃蟹喜欢躲在石缝里，阴暗处。每掀起一块石头，就像惊动了一个世界，乍见光亮的山螃蟹，一只只全乱了方寸，慌不择路，四处逃窜。父亲一开始只能眼睁睁地看着眼前来之不易的宝贝，瞬间逃得无影无踪，而自己是两手空空。

由于经验不足，初次进山时准备工具不齐全，父亲连一副手套都没有带，那一刻见到四处逃窜的山螃蟹，他什么也顾不上，只好徒手捕捉。

山螃蟹，个小，最大的比一元钱硬币大一圈，小的只有花生米大，当然还有更小的，只有黄豆粒大。个子越大，药效越好。

第一次进山，父亲就捉了不少山螃蟹。也许因为生活在山间，天天与坚硬的石头为伍，山螃蟹的样子比海蟹子凶，一个个精力充沛，杀气腾腾，腿、钳子也比海蟹子干净，不长一点绒毛，它们一刻不停地挥动钳子，像在抗议，也像在伺机准备逃跑。父亲把它们装在红桶里，桶壁高，似林立的高墙，它们就是长出翅膀也不顶用。

晚间吃饭时，见到父亲的手，我惊呆了。他十个手指没有一个是完好的，指甲都被碎石磨秃了，手指头磨破，结紫色的血痂。手背上全是横七竖八的划痕，真是"手"无完肤。父亲看着自己的手，也奇怪地说，当时根本没有感觉疼，怎么会伤成这样？唉，他也真是太投入，连疼都忘记了。

山螃蟹生吃才有药效。可是母亲不敢吃，也不想吃。父亲每次都倒一杯高度白酒，放在母亲身边，然后把山螃蟹像拆机器零件一样，大卸八块，蘸上酒递给母亲。酒去腥，和山螃蟹一起服用，药效更好。父亲哄母亲吃山螃蟹的样子，不像结婚多年的夫妻，倒像恋爱中的青年男女。

母亲胳膊骨折了，父亲一下子苍老不少。

伤筋断骨一百天。母亲养伤期间，父亲隔三岔五就要上山找山螃蟹。北云台山的许多山头，都留有父亲——一个胖子的足迹。对山螃蟹的分布，他也有自己的心得。他说，二桅尖高处的涧沟里要多些，大多在碎石下。二桅尖，海拔五百多米，是北云台山的一个山峰。有一回，邻居叔叔看父亲进山找山螃蟹，觉得好玩，决定和他一起进山，结果回来后累得几天都不想动弹。他感慨："你妈妈吃的每一只山螃蟹，都是你爸摔十八瓣汗水换来的。"

有一年，我看央视《乡土》栏目，有一期是专门拍连云港的，其中有一集是讲山里的一个小伙子，以捉山螃蟹为职业，形成产业链，收入可观。每次进山，他都武装整齐。他说，如有肌肤裸露在外，就有蚊虫叮咬，奇痒无比，很快红肿一片。所以每次他都要把自己包裹得严严实实，连眼睛都戴防护镜。他进山的鞋子也是专业的，既防滑又轻便。

记者跟随他进山拍摄，山林深处植被茂密，荆棘丛生，上不见天日，脚下苔藓遍布，每走一步都大意不得，异常艰难。那天，途中遇激流，必须要穿越一条陡峭的山道，才能继续前行。小伙子一脚踏上青苔，身子打了一个趔趄，哗啦一下跌入打着漩涡的水潭……

那天，我想到我的父亲，一个当年已经四十多岁的中年男人，戴着普通的遮阳帽,穿着简单的工作服、黄胶鞋,一次次登上山顶,每次都有不菲的斩获。我不敢深想,他究竟经历了什么,也许摔倒过,也许划伤过,也许遇到更为糟糕的险情,我从未听他说起过。

家门前的云台山,高高耸立,一直在,而我的父亲却早已不在人间。我有时会想起,他捉山螃蟹的事,那时我自然也会想起,他和母亲之间的爱情,隔着厚厚的岁月,我都能闻到甜蜜的味道。

我在果城里，等你

果城里民国建筑群位于连云古镇。

我在果城里，等你。这是我们之间的秘密。无论你来，还是不来，我都在那里等你。

一　石头城

果城里是一座石头城。

果城里是一座方方正正的城，是一座中西合璧的城，是一座"面朝大海，春暖花开"的城。

果城里最早的居民哪儿去了？像秋天的风吹落树的叶，缤纷似蝶，带走太多的信息；像王谢家绕梁而飞的燕子，最终飞入寻常人家？昔日那朱红的廊檐、红色的瓦，也全褪了色；今日的果城里，有太多太多的落寞。

在果城里，进门的台阶是石头的，房子的墙是石头的，高高的门框是石头的,脚下的路是石头的……这是一座坚固的石头城。走在坚固的果城里,想到你,我心中柔情,泛滥成灾,不能自已。山脚下的黄海,在低低地吟唱,那一刻,我想有你在我身旁,天堂就该是果城里的模样。

我在果城里等你。我想你轻轻地轻轻地搂着我,我们一起走在青石铺成的路上。抬头向上望,能看到南方常见的马头墙,一抹淡淡的天光,把我们柔柔地柔柔地拥抱,我们什么也不用说,也不用想。闭上眼,听周围的石头,讲只有我俩听懂的话,滚烫的情话。

我在果城里等你。无论你来,还是不来,我都愿意等成一块石头,一块刻有你名字的石头。

二 四合院

春天,花草们的胆子都大了,它们忙着发芽,忙着鼓苞,忙着大张旗鼓地开花。春天,我的胆子也大了,大得像一张碧绿的荷叶,大到我终于敢吐露心底的秘密:我要在果城里,等你。

果城里,有四个四合院。我要大着胆子租一个。这个院子是属于我的,也是属于你的,这是我俩共同的天地。

我要让这个院子里,弥漫着一股股民国风,让它回到最初的模样。初心,不忘。

在这个院子里,我是属于旗袍的,旗袍也是属于我的。我将衣着素雅的旗袍,柔柔地摇曳,摇曳成一尾灵动的鱼。

我要让院子里的每一个角落,每一个角落,都洁净成上等的瓷器。

你说，人生也应该像一个洁净的院子。删繁就简的人生，人才活得像有风骨的梅朵。

我要在院子里栽种栀子花。这是你喜欢的。我要让花香在院子里，孩子似的追打皮闹。只要你进了这个院子，从此就被俘获。你会喃喃自语，我属于果城里，果城里属于我，我们从此永不分离。

果城里是镶在山海之间的一颗明珠。南面，紧邻一座座黛青色的山峦——云台山；北面，依偎天鹅绒一样的大海——黄海。这些是你永远不会看够的风景。你也看看我啊，看看我眼里盛满爱你的柔波，像涌动不止的潮汐。

我在果城里等你。无论你是来，还是不来，我都在等你，等成一池春水，无风也起层层的涟漪。

三　雨巷

连云港，在江苏的东北方向，北方的人说它是南方，南方的人说它是北方。

在中西合璧的果城里，我觅到戴望舒笔下才有的雨巷，窄窄的，细细的，丝绸一样。走在雨巷，抬头看山墙顶上，有青砖或红砖砌的圆窗，这可是江南才有的媚眼，灵动着江南大地的芬芳。

连云港的天是蓝的，一条窄窄的雨巷，像一把白亮的剪刀，把天剪成一片窄窄的蓝绸，飘在巷子上方。

尽管我时时想你，但我并没有成为忧郁的丁香。我喜欢在巷子里慢慢地走,像呷摸一块方糖。我想宠溺时光的翅膀,不想它飞快地溜走。我要独享这一方浓缩的江南,我要变成一个慈祥的母亲,抚摸这江南的胴体,感受这江南才有的温凉,让鼻翼间也萦绕着江南的荷香。

在果城里的雨巷,你不要背诗,更不要写诗,你只需静静地,静静地站着,什么话也不说,就是我心中最美的诗行。

巷子里的青石上,不知落下多少双缤纷的脚印,它们最终像翩跹的蝶,去追逐花的香。我不知自己重复了谁的脚步,我只是庆幸自己捡拾到一篮子的好心情。

春天,许多花忙着开放。一年四季,你都忙碌得像一只蜜蜂,我求你,把手头的工作暂时放一放。我在果城里等你,我们携手走在果城里的雨巷,可以随心所欲地说什么,也可以什么都不说。只要能和你在一起,我绵密的日子里,像有礼花绽放。

……

我在果城里等你,没有人能阻挡。无论你来,还是不来,我都会把自己等成,自己喜欢的模样,是一枚发红的枫叶,是一支亭亭玉立的荷,或是一瓣玲珑的雪花……

小街连云

连云小巷

一

连云港是一个有个性的城市，双城区，两城之间相隔四十多里地，分西部城区和东部城区。西部城区地势平坦，有平原特点。东部城区，依山傍海。南面是山，北云台山；北面是海，黄海。因此东部城区山海兼具，既是山城也是海滨城市。散落在半山腰的一户户人家，由一条条小巷连着。

连云小巷，是指东部城区的巷子。

小巷的路，有的是青石铺就，高高低低，**蜿蜿蜒蜒**，或宽或窄，宽处能开一辆车，窄处只能容下一个人，有的是两家屋檐的交界处，密的连雨也打不进来。小巷的路，也有的是石阶砌成的，一级连着一级，两边的人家，一户比一户高，站在高处人家的院子里，俯身能摸到低处人家的屋脊。住在平原地区的人，怎么想可能也想不明白。小巷的路，有的一会儿是青石铺就，一会儿是

第一辑 小街连云

石阶砌成，或缓或陡，根据地形交替进行，或蜿蜒向上，或顺山势而下。

"上""下"这两个方位词，用在人家的布局上，在平原地区几乎派不上用场，但是在山区出现的频率就特别高，如某家住在某家的下面，平原地区的人就想不明白了，"下面"是什么地方，山区人就很容易理解，"上""下"是依据山的坡度而定，住坡上就是上面，住在坡下就是下面。同是连云港人，如果没到过东部城区，对连云港的了解就不算透彻。

巷子两边的墙或地基全部由碎石砌成，指头、鸡蛋、拳头等大小不一的石头，密密麻麻地垒在一起，严丝合缝，从低处一直砌到高处，总是让人猜想，如此工程没有积年累月是完不成的，考验主人的耐性。这也让人想起，勤劳的春燕衔泥筑巢的情景，每一块都带着温度，每一块都带着谨慎，像揣摩好的棋子，成竹在胸。

穿行在连云小巷，石墙、石路、石屋……是富有地方特色的画，坚固的石头，愣是被一双双手摸的柔顺了，成为自己想要的样子。在南方的巷子里，你处处看到青砖的影子，它告诉你，这里是江南。逶迤在山腰间的连云小巷，满眼都是石头的影子，它告诉你，这里是连云港，一座名副其实的石城。

走在幽深的小巷，有时一堵碎石砌的墙忽然立在你面前，你千万不要惊慌，"山重水复疑无路，柳暗花明又一村"，不仅是游山村遇到的，置身连云小巷，也会让你一时迷茫。其实，你只需转一个身子就会发现，巷子在此像河流打了个漩涡，调转了方向，转过石墙，眼前依然是一条石头铺的路，不紧不慢地延伸，延伸

101

到白云生处的人家。

打了漩涡的小巷也告诉你，生活的方向，不仅是前进或后退那么简单，为了达到目的地，还可以侧着身子。

连云古镇，小巷众多，有名字的没名字的，横贯全境。这些小巷中，有两个巷子特别有名。

海峡巷，有海的味道。朱氏民居坐落于此，它建于民国时期。房基很有特色，比一个人还高，都是用碎石砌成，每块大小均匀，石与石之间用水泥勾缝，比普通石墙精致得多，整体看就是石块砌成的画，有凹凸感。单单是房基的建造，就是一个大工程，要花大力气、大价钱。由此可见，当年朱家能在半山腰的巷中，建一座别墅和一个比邻而居的四合院，经济实力相当了得。

果城里巷，因隐藏着一个著名的民国建筑群，而在江苏颇有名气。2010年，果城里巷民国建筑群，被评为当年度江苏第三次全国文物普查十大发现之一，现在是江苏省文物保护单位。

巷子里房子的建筑风格是中西合璧，有上海石库门建筑的特点。最早出入这个巷子里的人，是建港初期的高级职员和政府要员。时光匆匆，现在住在巷子里的人，都是极为普通的平民百姓，有的还是城市的低收入者。这不由得让人想起，秦淮河畔朱雀桥边，曾经辉煌一时的王谢两家，"风流总被雨打风吹去"。

二

连云小巷是有声音的。

邻里之间琐碎的日常寒暄声，叮叮当当修修补补声，洗洗涮

第一辑 小街连云

涮声,老人下棋棋子落盘声,飘出的钢琴声……这些是小巷日常的交响曲,泛起欢乐的浪花。小巷里的人家,喜了悲了,也是有声音的,掩饰不住,结婚、孩子满月、过寿时的鞭炮声,在巷子里响起,连树梢上都挂着甜蜜的味道。有一天,如果有哀乐响起,小巷人家会感叹,又一个生命走远了。人生在世,来来去去是常态。小巷人家比住在城市筒子楼的人家,更容易直面生死。既然告别是无法避免的,不如索性快快乐乐地过活。在小巷,你会读出生活中更多本真的东西,也更能看清生活的本来面目。

小巷里的吆喝声,和小巷里的草一样,有顽强的生命力。与以往有不同,以前是人原汁原味瞬息万变地吆喝,现在变了,声音录了下来,一遍遍地播,机械而刻板。"拿旧手机换盆""剪辫子卖"……这是新时代的吆喝。时代在变,吆喝的内容在变,吆喝的形式也在变。无论怎么变,我觉得吆喝声是属于小巷的。

连云小巷是有色彩的。

身居巷子里的人家,都有一个或大或小的院子,院子里一年四季都有自己的颜色。经过山水淘洗的衣物,总是比别处更洁净,更鲜艳,把蝴蝶都弄糊涂了,频频绕着衣物打转,以为是盛开的花朵。当然小巷里,春天色彩最为丰富,哪一家都或多或少要栽些花,巷子里的颜色多的数不过来。白色的栀子花,几乎家家都有,有的人家不止一棵,而是满院都是,碧绿的树上,点缀着雪团似的白花,直晃人的眼。

在连云小巷,初夏时节,卖栀子花是最常见的事。小巷里的女人,发髻间戴花,衣襟上插花,连牙牙学语的孩子,胖嘟嘟的小手里都攥着一朵雪白雪白的栀子花。早晨,你会看到小巷里,有老妇人挎着一篮子带有露珠的栀子花，走出巷子，一脚踏进人声鼎沸的城市，把巷子深处的这一团团白，摆到都市的阳光下。

栀子花，勾住了都市人的脚步和魂魄。在别的地方，你很少看到这一朵朵寻常的白花，能如此的让一座城陶醉。

连云小巷是有味道的。

好一个云台山，山上植被茂密，林间芳香阵阵，调皮的花草香，携着风，常常流连在巷子里，想着法子把小巷香透。山下的海风，寂寞了，也会光临小巷，携带着海水的腥咸，和山上的花草香接洽。当然小巷里还有一种味道，滋补人的心灵，那就是饭菜的香。妈妈的味道是，从小巷深处飘出的，最执着最撩拨人心的味道。

三

逛车水马龙的街市是休闲，最终寻的是一个热热闹闹。

逛小巷就不一样。连云小巷大多处于昏暗避光处，由于巷子在山的北坡，面向大海，三面有山的遮挡，当别的地方日上三竿、遍地流金时，连云小巷才刚刚睡醒。只有正午的太阳，作短暂的停留。山间云雾氤氲，滞留小巷，久久不愿散去，行走小巷，感觉仙气飘飘，连步履也轻盈飘逸起来。

巷子里是静谧的，安详的，不同于城市的主干道，行走在都市主干道上的人神色匆匆。行走在深巷里的人，神态安详，步履自若。人安闲自在的样子，着实令人神往。

行走在春天的巷子里，人的心情也是蓬勃的。一不小心就

第一辑　小街连云

能碰到一大丛花，月季花、玫瑰花、木香花、蔷薇花……随处可见。当然，你也能看到更有烟火气的一面，就是大大小小的盆里，有的还裂了纹豁了口，除长着许多叫不出名字的花花草草，有的还长着绿油油的小葱，或翠生生的小白菜。这时，如果遇到脸上带笑的女主人，围着花布围裙，伸出嫩白的手，掐一把葱，转身走进灶间，这就是一幅活生生的画。巷子深处，藏着平民百姓幸福生活的点点滴滴。看似平常的举动，足足令筒子楼里的人羡慕半天。

行走在连云小巷，你最常见到的果树是石榴树。中秋前后，漫步小巷，柿子灯笼似的挂在人家房前屋后，不过最让人口舌生津的是石榴树。石榴果把石榴枝条都压弯了。因石榴多子，寓意多子多福，备受小巷人家喜爱。

行走在夏天的小巷，你会在巷子口的通风处，在树荫形成天然的凉棚下，看到三两个妇女坐在一起操着连云港方言，手里纳着鞋垫，边说边纳，边纳边聊着家常。鞋垫上都是吉祥图案，有牡丹富贵春，有百年好合，有松鹤延年等。

连云地区鞋垫的制作和别的地方不一样，别的地方都是一左一右，一只一只纳，连云地区是把左右两只鞋垫合在一起纳，配色彩鲜艳的线。纳好后，用锋利的刀片从中割开，一双毛茸茸光鲜夺目的鞋垫，在妇女们的一声声家常中，就纳好了。鞋垫是给儿女们结婚时准备的新婚礼物，就是现在还很流行。

小巷深处的鞋垫，现在还出了国。山下港口的外国船员，见到如此漂亮的手工鞋垫，都大加赞叹，宁愿花大价钱购买。现在连云地区的闹市，专门有出售手工鞋垫的摊点，生意非常好。

连云小巷像一条条拉链,把散落在半山腰间的人家,紧紧地连在一起,也像一条条泛着光泽的河流,流淌着巷子里人的快乐和哀愁。

走在连云小巷,我常有这样的想法,今生若有一个任性的选择,我会选在巷子深处安家,那是一个石头砌墙、苫红瓦的四合院。院子的后门有一条通向山涧的小路,有石阶砌到沟底。我随手掐一把新鲜的小菜,到涧边清洗,漂着绿色菜叶的溪水,哗啦啦地奔向山下的大海……

走出巷子口,人一下子淹没在城市的洪流。巷子里的静谧一下子被甩在身后,巷子里的一切美好,成为藏进记忆的念想,只能用来回味。

四

住在连云小巷里的人家,从不羡慕住在山脚下摩天高楼里的人,相反是楼里的人常把梦想安在巷子深处,如我一般,做着白日梦。

小巷是属于平民的,市井百态是一幅温暖人心的画。

连云小巷是大山衍生出来的一道风景线,与平原地区的巷子在形态上有大的不同,但它们也有共性,那就是住在巷子里的人,是永远的主角,是巷子的灵魂。巷子是一种文化,而身居其中的人,永远是文化精髓的创造者。

如果你想,真正聆听一个地方的声音,请走进小巷;如果你想,真正看到一个地方的色彩,请走进小巷;如果你想,真正感受一个地方的烟火气,请走进小巷……

  行走在连云小巷,走着走着,蓦然回首,你会发现山脚下的大海,明晃晃的,就在眼前,离自己很近很近,伸手就能掬一捧湛蓝的海水,孩子似的轻扬。当然,揽海入怀也不是梦想。

  连云小巷是云台山和黄海精心孕育的杰作,它像一条条河流,生生不息,一直流向远方,流到眼睛无法丈量的远方。

第二辑

眺望乡愁

我美好的乡村时光

多年以前,我带着胜利者的笑容,庆幸父亲带领我们全家,以逃的姿态,离开生活多年的偏僻乡村,跻身城市人的行列。多年以后,我总是在不经意间想起乡村,想起在乡村生活的点点滴滴,乡村也以或清晰或朦胧的轮廓,常常闯入我的梦萦……

一 割猪菜

我在乡间读小学时,放学后没有家庭作业,但大把大把的时光都被家里人排满,绝不让闲着。就拿每年开春来说,每天放学后的头等大事,就是下湖割猪菜。我们苏北人,把下地干活叫下湖。

《打猪草》是黄梅戏的经典之作,尤其是里面的"姐对花,郎对花,一对对到田埂下",更是耳熟能详的经典段落。打猪草和我们那里割猪菜是一个意思。由此可见,割猪菜曾是中国辽阔田野上，一幕多么常见的乡间劳作，许多乡村小儿都参与其中。

放学后，我们丢下书包，背上柳条筐拿着镰刀，成群结队，向村头的田野走去。开春后的田野，绿色海洋似的，庄稼和一些知名的、不知名的花花草草，竞相在春风里摇曳。麦地、田埂是我们割猪菜的好地方。放晚学后，碧绿的田野里，就花朵似的，流动着一个个天真可爱的乡村孩童，在割猪菜。

那时，村里家家门前都有一个猪圈，里面或多或少都养着猪，猪都是黑色的，头部面部皱纹浅而少，呈菱形；嘴筒较长而直；耳朵大，下垂；体形中等较紧凑，背腰窄平，极少数微凹；腹部较紧不拖地，四肢高而结实。后来，从电视上我得知，我们那地方养的猪叫淮猪，是原产淮北平原的古老地方品种，是早在公元前春秋战国时就培育出的一个猪种，以肉质鲜美清香而闻名，它生长期长，要一年多的时间才能出栏。

那时家里粮食少，还要喂猪，日子过得捉襟见肘，所以大人都希望小孩子放学后，到野地里割猪菜，帮猪填饱肚子，也是替家里减轻负担。

因为年龄小贪玩，割猪菜时也发生过不少趣事。黄梅戏《打猪草》里的主要角色，就是一个男孩和一个女孩。我们演的那出戏可以说是群体戏。那时女孩子之间流行挖蛋子的游戏，蛋子大多是用砂礓（我们苏北地区特有的，类似石头的一种矿石）磨成的，五个一副，几个孩子盘腿坐在地上，一人一把轮流坐庄，往空中抛起又落下，能玩出许多花式。

我们那里是苏北平原，远看是一望无际的田野，近看才知田地与田地之间常常有一条条灌溉渠。夏天来临时，里面满满当当都是水,用来灌溉。初春时节是干涸的,渠底还背风,这时为了躲避在田里干活的大人,我们都隐蔽到渠底,找一块平坦的地方坐下来挖蛋子。挖蛋子带来的快乐远远大于割猪草。男孩子们会学着电影《地道战》里的样子,拿镰刀在渠底挖一条条地道,或用泥土做成碉堡的形状,分成两支队伍,一支是好人,一支是坏人,嘴巴里啪啪的响着,代替机关枪的射击声。当然,总有孩子学着电影中人的样子,假装死去,惹来笑声。

当夕阳西下,暮色笼罩时,我们才一个个惊慌失措,草草结束游戏,望着篮子中少得可怜的猪菜,想起猪在圈里饿得嗷嗷大叫,更想起家里大人对自己横眉竖目的样子,一个个都害怕起来。那时我们都有一个拿手绝活,就是砍藤条,把它剁成一段一段,拦腰搭在篮子中间,就像馏馒头一样,把不多的猪菜撒在上面,下面是悬空的,这样看起来像满满一篮子猪菜。回到家,就赶紧往猪圈跟前跑,把篮子掀个底朝天,以防被大人发觉挨一顿臭骂。

有一次,猪吃过猪菜了,还拼着命往圈外挣,狂喊大叫,看样子饿得不轻。母亲说,怎么回事?到猪圈里一看,满地的藤条,她一下子明白我的伎俩,我迎来的自然是一顿训斥。

第二天放学后,照样要提着篮子去割猪菜,到田野里大家都会讲起前一天回家的经历,毕竟是小孩子,自以为高明的把戏大多被大人揭穿,即便没有揭穿,饿着肚子的猪也会用嗷嗷的叫声,向家里的主人告密。

在绝大多数的日子里,我们都会心无旁骛地在田野里割猪菜,有时为了割到上好的猪菜,都要跑到很远的地方。儿时眼里的远方,今天看来就是本村和邻村的交界处。可见,我儿时的生活天地是极小的，仅限于本村的地盘。时至今日，我还能记得许多野菜的名字，如七雁头、二月蓝、曲曲菜、灰条菜……

现在我们那个村子几十户人家，连一家养猪的都没有，家家门前的猪圈都被拆除了。邻村有一家养猪场，规模比较大，几百头的白猪，听说都是进口猪种，生长期短，半年就能出栏，当然赚头也比较大。黑猪因为生长期长，利润小，在我们那里已经不见踪影。

村子里已经没有割猪菜的小孩了。村里人说，现在家家都不养猪，还割什么猪菜。我一下子怀念起那些猪菜来，怀念它们在春风里摇曳多姿的样子，怀念它们诗意盎然的名字。

记忆中的猪肉，清香撩人，一家吃肉，能香半个村子，这不是夸张。以前的猪肉为什么会那么香呢？除品种不同外，我想还因为以前的猪，能吃到来自田野的新鲜肥美的猪菜吧！

二　采黄花菜

现在常吃的是晒干后的黄花菜，而我记忆中的黄花菜却一直是新鲜的，带着晶亮的露珠。

农历五月时节，黄花菜的叶子蓬蓬勃勃地伸展着，绿油油的，绿色的叶子间抽出一根根类似蒜薹的杆子，杆子的顶端长着几个杈，杈枝上冒出一个个黄中透绿的花苞，花苞渐渐长成针形，所以它又叫金针菜。黄花菜不能绽开，一旦开放，就意味着营养流失，身价也随之大跌。

这个季节，母亲总让我在日出之前去采黄花菜，这时的黄花菜大多是羞羞答答的花骨朵，偶有一两朵袅娜地开着，露出黄色的笑脸，我借机凑上前好好欣赏一番。

清晨走在乡间小路上，去采花，每走一步，路边草丛间晶莹闪烁的露珠都被我的小脚踢碎，一路走来，脚下是飞珠吐玉，心底的快乐是油然而生。

村头的黄花菜地一望无际，朵朵花苞，在晨风中轻轻摇曳，一股股甜丝丝的香味，在空气中悄然弥漫，撩拨我的鼻翼，向我宣告，这是多么幸福的味道。

黄花菜好采，用手轻轻一掰，花骨朵就下来了，不一会儿，我的小竹篮里就躺着许多横七竖八黄中透绿的花苞。

有一天早晨，我发现有的花苞上有亮晶晶的东西，像小露珠，手碰上去还黏黏的。露珠总是调皮的，轻轻一碰，就往土里钻，它不是，而是牢牢地粘在花苞上。后来，我看到一只小蜜蜂紧紧地趴在花苞上，好像想钻进花里，可是花苞紧紧地收着身子，一动不动，蜜蜂只好无望地飞到下一朵花苞上，就这样它不停地落下，然后又不停地飞走。一个早晨，它不知要光临多少个花苞。

蜜蜂这样着迷花苞上亮晶晶的东西，这个东西甜吗？有一天清晨，我大着胆子把舌头伸了上去，一股蜜似的甜从舌尖水似的荡漾开来，很快传遍我全身，我身子白云似的轻盈起来，想飞。那天，我发现了黄花菜上的秘密。

自此每天早晨，我去采花的第一件事就是放下篮子，观察花苞，只要有亮晶晶的东西，我一律按下枝杆，踮着脚尖，伸出小舌头把花苞统统地呾一遍，然后才开始采花。

和朋友小聚，讲的话题常常像一道杂烩菜，有讲金钱的，有讲权力的，有讲明星八卦的……表情各异，五味杂陈，讲过了笑过了，就像云烟一样，在心头不曾留下痕迹。有一次却不同。那天我和几个友人小聚，巧的是我们都有在乡村生活的经历，因此有了共同的话题——乡村生活小花絮，有的讲自己在田野里割草，有的讲自己在村头池塘里摸菱角，有的讲自己在屋前老榆树上撸榆钱……当然我讲述的是采黄花菜的情景。

那晚，我发现所有讲述者都眉飞色舞，连平时拘谨的人也一下子放开手脚，滔滔不绝。

对乡村的思念像一阵春雨，让人一扫心头的雾霾，神清气爽。毋庸置疑，对乡村的怀念，已成为许多人治疗城市病的一剂良方。

不可辩驳的是，记忆中的乡村，和现实已不是一个版本。当初田野里花朵般游移的、儿童割猪菜的情景早已踪迹全无；那个曾带给我无比快乐的黄花菜地，已经建起一幢幢整齐划一的楼房……

我曾做过一个梦：

清晨，我采完花往家走的时候，晨风轻轻吹起，我淡绿色的裙裾，在风中羽翼似的飘扬，上面落满玫瑰色的霞光，暗香浮动，脚下的乡间小路，成了一条铺满玫瑰花瓣的绸带，我蝴蝶似的在上飞舞……

醒来后我泪流满面，我很想知道我的那几个朋友，他们做梦了没有，与乡村血肉相连的梦。

……

我熟悉的乡村生活，已离我渐渐远去。那绿树掩映下的村落，在演绎着与我记忆中迥然不同的乡村故事，可是这丝毫不影响我对它深深的思念。

  春风吹起的日子,我曾从都市回到村庄,站在村头的公路上,眺望那一望无际的绿色田野,想象自己和小伙伴们在田野上忙碌的情景。那绿色的海洋,多像一个硕大的舞台,远处的天幕是它广阔的背景,头顶上的白云是欢迎的花束,我和一个个天真可爱的乡村小儿,在农村广阔的田野,本色出演一幕幕割猪草的活剧……

第二辑　眺望乡愁

豆角花开

豆角花，在许多人眼中，可能不算花，然而在我眼中，它的的确确是花，而且还是很美的花。

小时在乡间，清明过后，家中的菜园就出现母亲忙碌的身影，她首先要做的就是在篱笆边种几棵豆角。在暖风的呼唤下，绿色的豆角藤，开始轻烟似的在篱笆上漫延开来，顶端的嫩芽还俏皮地打着圈儿，像细细的青丝，生机无限。藤上的叶子油浇似的绿。

豆角花开了，像一只只振翅欲飞的蝴蝶，或白，或紫，或粉，零零星星隐藏在绿叶间，开得执着而认真。如果不仔细看，根本看不见。不久，一根根豆角，绿色带子似的，在微风中，顽皮地荡着秋千。

"满架蔷薇一院香"。满架豆角花，虽然不香，却是藤连着藤，叶触着叶，拉不开扯不断，永永远远在一起的样子，看了让人心生暖意，感叹生活中点滴的美好。

家中的餐桌上，多了豆角的影子，而不再单调。早晨，母亲把豆角放在清水里煮，捞出来，切碎，用盐腌渍，淋上麻油，拌蒜泥，好吃得差点把舌头咽下去。中午，又用剁碎的豆角包饺子吃，肚子撑得圆溜溜的。吃不完的豆角可以晒成干，冬天烩五花肉，香得能把冰雪融化。

豆角长成时，母亲常常让我给李三家送豆角。那时的我格外生气，说："李三，李三，又是李三！"母亲听后，假装生气，对我举起手，想打，然后又缓缓地放下。

李三是村里的一个残疾人，下肢瘫痪，独居，一条被磨得油光水滑的长条板凳是他的双腿。他双手撑在板凳上，身子悬空，板凳侧着移动，身子随之落座，在一挪一移间，逐渐前行，熟能生巧，日子久了，行动倒也自如灵活，但是让人见了心里总有不忍。他每天移着凳子在村里闲坐，哪里有热闹就往哪里去。哪家有好吃的好喝的，只要他在，都少不了他的。

如果哪一天不见了李三，村里就有人说，怎么不见李三了，他是不是病了？于是就有人，飞也似地到他的茅草屋，张张瞧瞧。见到人还好说，如果见不到，就会惊呼，李三，不见了！村里会涟漪四起。有一次，李三挪着板凳竟然出了村子，去河堤上看热闹，村里人不见了李三，吓得不轻，甚至有人钻到他的屋里，掀开他的被子，看他是不是出事了。找到李三时，村里嘴快而又耿直的妇女，笑骂道："断气的，我以为你死得了，正准备哭丧呢！"李三听了呵呵地笑，一点也不生气。农村人表达情感，就是这么赤裸裸的。

李三看似独居，其实整个村子里的人，都把他当作自己家的一分子。

母亲把摘下的豆角装在竹篮里,让我送去。李三家是低矮的茅草屋,门和窗子黑洞洞的,好像里面潜伏着妖怪,每次送到那儿,我都急忙把篮子掀个底朝天,然后提着空篮子,一溜烟跑掉,防止被黑暗中伸出的大黑手提溜去。想想那时的自己,实在是孩子气十足,有着不着边际的幻想。

有一天,母亲又打发我送豆角到李三家,我发现他家的黑屋里,走出一个年轻的女子,身材窈窕,着红衣服,扎着长辫子,白白净净,她喊我回头,说给我麦芽糖吃。我头也不回,跑得更快了。回到家,我气喘吁吁地告诉母亲,说李三家屋里走出一只狐仙,怪好看的。

母亲告诉我,那是李三的女儿。李三有女儿?原来李三没病时,是有老婆的,老婆见李三残了,就和别的男人跑了。多年以后,有一个女子长得像极了李三,她找上门喊李三为爸爸。原来她老婆是怀着身孕跑的。村里人感慨,血浓于水,女不嫌父丑。女儿长大了,回来找爸爸了。尽管这个爸爸是残疾人,她一点儿也不嫌弃,给他洗涮,给他缝补。村里人都说,李三还是有福气的。

有了女儿的照顾,村里人还是习惯惦记着李三。一年四季,村里人收获什么,李三家就有什么。不种粮食的李三,能吃上新碾下的稻米;不种水果的李三,能吃上香甜的水果;不种蔬菜的李三,一年四季家中有红红绿绿的新鲜菜儿。

多少年过去了,我早已离开了苏北那个小村子,李三也该不在人世了。

但每当豆角藤上蛰伏着一小朵一小朵的豆角花时,我就会不自觉地想起，爱种豆角的母亲，挪着板凳的李三，质朴善良的村里人……

　　一个偏僻的乡村，每个人用近乎理所当然的方式，执着地关爱着一个毫无血亲的残疾人，那是怎样的人间大爱啊！但是村里从来没有一个人觉得这是一件多么了不起的事，都默默地做，水到渠成似的。

　　有一种爱，不张扬，却那么的实在，那么的稳妥，就像夏天的豆角花，隐藏在碧绿的叶子间，悄悄地开，悄悄地落，如果不仔细看，没有人知道它像蝴蝶一样，身姿优美。

第二辑　眺望乡愁

紫云英

它叫什么名字，那时村里没有人告诉我，我只知道春天来临时，我们小孩子就可以在里面自由自在地疯玩了。

一场春雨过后，村子外的田野热闹起来。一眼望不到边的绿色，海洋似的摇晃着，波浪此起彼伏，涌向远方。最美的是开花时节，绿色的海洋上密密麻麻地点缀着紫色的花蕾，一簇簇地挤在一起，像合着翅膀的蝴蝶，等待春雷呼唤，齐刷刷地展翅高飞。

渐渐地有的花蕾开放了，像打开翅膀的蝴蝶，在炫耀自己亮丽的羽翼。一股股香甜味儿，随着暖风，在空气中悄悄地酝酿。这时多彩的蝴蝶闻讯赶来，在紫色的花丛间不知疲倦，一曲接一曲舞个不停，好像在告诉人们，自己才是会飞的花朵。这时蜜蜂也嗡嗡地飞来凑热闹，它怎能错过这么美好的季节？

小孩子们脱去厚厚的冬衣，把这里当作乐土。一个人也可以玩得兴致盎然，采摘一根根带花的茎条，精心编成一个花环，戴在头上或挂在脖颈上，犒劳自己，让这时的自己成为花海中的英雄。不信，站在田头手随风一指，花海就听话地随风向远处滚去，似有惊人的响声，那是花儿们在淘气地踏浪。几个人也可以玩得起劲，捉迷藏，一个东躲一个西藏，有的从花海中被捉到，头上顶着细碎的花瓣，身上沾有淡淡的花香，成了一个美丽的"俘虏"，这时孩子们欢快的笑声，在花海上空久久回响。

当村头的灌溉渠里有水哗哗地流淌时，我们知道，这片花海要消失了。因为插秧的时节到了。

拖拉机突突地来了，翻起一阵阵带有泥土味的波浪，把这些美丽的花草温柔地搂进怀里，用黄土掩盖。据说，从明清开始，长江中下游一带，就开始用紫云英作绿肥，后逐渐推广。

在我记忆中，这种叫紫云英的植物，是春天送给我们村庄的一份厚礼。它一年一年地给我们带来快乐，又一年一年地被泥浪掩盖。

水稻长起来了，绿绿的，像一眼望不到边的绿地毯，那不是我们小孩子的天堂。走在田埂上都得小心翼翼，偶有一两株存活下来的紫云英，蓬蓬勃勃地生长在田埂上，好似在提醒我们，曾有一片花海藏在水稻的底下。于是，我们在期待又一个春天的来临。

大型美食类电视纪录片《舌尖上的中国》风靡全国，人们努力地回忆舌尖上的味道。我不能不说记忆中的那顿米饭。

刚刚收割下来的稻谷加工成的新米，总是散发出一种清亮的花香般的味道。这时把淘好的米，添适当的水，放在草锅里，用玉米秆作燃料，煮，直到锅内沸腾，如泉水般翻涌，再慢慢地减小火候，用文火慢慢地熬，于是一股股香味儿从蒸汽中氤氲开来，

第二辑 眺望乡愁

顽皮地引诱人的味蕾。这时母亲从门前的菜园子里，拔一把水灵灵的小青菜，用清亮的井水洗净，用刀切碎，放进煮好的冒着白气的米饭内，用勺子搅匀，霎时莹白的米饭里，镶有零零星星翡翠似的绿，实在像极了一幅画，此时的母亲好像是丹青高手。重头戏开始了，只见她小心翼翼地从橱子里，端出一个棕色的坛子，把盖子轻轻地打开，用勺子挖两勺凝固的猪油放进米饭里，这时屋内的香气达到了顶点，就像一出戏达到高潮，锣鼓喧天中主角披挂上阵。这时我迫不及待地端起蓝边碗，把饭一口一口地吸进嘴里，味蕾瞬间花朵般地在舌尖上绽放了，那时我觉得自己浑身的每一个毛孔，都有香气向外徐徐散发。

当有一天，你知道手里端着的白米饭，是从一片花海里长出时，我想再铁石心肠的人，也会撩拨起心底最动人的那根琴弦，眼里涌起一阵温热。

春天，我曾回到故乡，站在一片绿油油的稻田前，我觉得自己仿佛回到了从前，我好像看到一望无际的花海，被黑色的泥浪拥抱，它们带着清脆的笑声，钻进泥土的怀里，生机勃勃的秧苗将冉冉升起……我怎能忘记这个名字，紫云英！

小街连云

插柳戴柳

　　插柳、戴柳是清明节时的一种习俗，在我的故乡——苏北沭阳县乡下，这一习俗一直以近乎完美的方式传承着……

　　清明节时的苏北平原，春风吹笑了河水，吹红了花朵，也吹绿了小草、树木、庄稼……那可是人间最美的四月天。

　　清明节那天，天刚刚亮，母亲就起床了，她手拿剪刀和木钩到房前的柳树林里，折柳枝。这时村庄也睡醒了，树林里人影绰绰，乡音清脆，许多人在折柳枝。柳树在我们那里是十分常见的树木，它的生命力非常顽强，房前屋后、田沟地头、河畔路边，随处可见它曼妙的身姿。

　　折下的柳枝经过打理，从屋檐的一侧开始插，每根柳枝之间的距离均等，插的数目大多是双数，以取吉利之意。其实插柳本身就是取吉意，北魏贾思勰《齐民要术》里说："取杨柳枝著户上，百鬼不入家。"清明既是鬼节，值此柳条发芽时节，人们自然纷纷插柳、戴柳以辟邪。这个时节，村子里家家户户的屋檐下，都插数量不等的柳条,绿丝带似的,在春风中轻轻起舞,妩媚婀娜,真是别有一番情趣。

这一天不仅屋檐下要插柳,小孩子头上都要戴柳。

我母亲识文断字,是附近有名的文化人,但动手能力实在是不敢恭维。可是在清明节这天,她仍然会笨拙而全神贯注地给我做柳花。柳做的花,看起来简单,其实不是那么容易。首先要挑选一根满意的柳枝,粗细适中,叶片均匀,从一端把柳皮揭起,然后捏住枝条一端,另一只手往梢部用劲地撸,这样柳皮连同柳叶就被挤成一团,花朵似的。有时由于用力太猛,挤成团的柳花会被直直地撸下,和柳枝分离,成为一根柳皮,算是废了。往往在几次失败后,母亲才能做成一朵。做成的柳花很漂亮,洁白而纤细的柳枝顶端是绿绿的一簇,像绿色的绒花。柳花做好后,母亲会把它绕在我的羊角辫上,沉甸甸的,那天我会觉得自己十分好看,走路也很小心,担心头上的柳花掉了。今天想来,倒也有趣。

有的女孩子头上,戴的柳就是剔除枝干的柳皮,绿绿的软软的,一圈圈缠绕在辫子根部;有的直接把剥下的柳皮,夹在头发里当作假发,辫成辫子,黑色和绿色交相辉映,相互缠绕,这实在是发饰界的一种创造。更有甚者把柳条不加修饰,一圈圈地缠在辫子上,这算是最粗糙的一种。总之,那天女孩子头上都是要戴柳的。

男孩子戴柳和女孩子就不一样了。这一天的男孩子,每个人头上都戴一顶柳条编的帽子,有的帽子四周插一根根柔软的柳条,它们向外舒展,远看像孔雀的翎,非洲酋长似的,很威武;有的帽子就像一个圆圆的花环，而花朵就是一片片绿色的柳叶。清明节那天，村里的男孩子们戴着柳条帽，三个一群五个一伙，呼啦啦到村东，呼啦啦到村西，所到之处大呼小叫，好不热闹。这时枝头的各种小鸟，也扑棱着翅膀，发出喳喳，或叽叽，或啾啾的声音，算是应和。

清明不戴柳，红颜成皓首。

插柳、戴柳，对清明时节的这个习俗，我的故乡人一直抱以敬畏之心。孔子说：君子有三畏，畏天命，畏大人，畏圣人之言。心有敬畏，行有所止。是啊，我们要敬畏自然，敬畏生命，敬畏道德……我想，正是拥有这种敬畏之心，才让中国的许多传统习俗能够穿越岁月的烟云，历久弥新。

人无所畏惧，实在是不敢想象的。时至今日，当许多人感慨人心不古时，而我的故乡沭阳，一直能以民风淳朴而为许多外地人称道，尤其是近年更以"花木之乡"闻名全国。沭阳花木发往全国各地，质优价廉，童叟无欺，口碑极佳。我想，这与人们心有敬畏不无关系。

听，清明的脚步声，越来越近，我依稀听到古人演奏的《折杨柳》，依稀看到空中轻盈飞舞的柳眉儿……是啊，"此夜曲中闻折柳，何人不起故园情"。

插柳、戴柳于我来说，已不仅仅是清明时的一种习俗，还有对故乡挥之不去的思念。

第二辑　眺望乡愁

放　水

　　大夏天。知了在树上声嘶力竭，又喊又叫，不知它口渴不渴，这时节的稻秧是真的渴了，太阳火爆爆地挂在天上，稻田里的水不知不觉见底了，秧苗急需要水来解渴，不然就被晒蔫了。

　　放水成头等大事。

　　灌溉渠从远处逶迤而来，然后又树枝分杈似的，从细一点的干渠伸向各个方向的田块，筋脉一般透明的沟渠，在田野纵横交错，水哗哗地流着，不时翻起雪白的浪花，一阵阵馨香的风从田野四处吹来，干渠边的青草小花，自得地照起镜子……

　　我喜欢和母亲一起放水。

　　放水，不是体力活，在自己家的田头，扒开一道口子，让水哗啦啦地淌进稻地，熬的是时间，眼要不时地看着，不能让水漾出田埂。

　　放水时，最开心的是能捉到鱼。

　　那天，和母亲一起放水，母亲的眼睛总是盯着稻田里和稻穗不一样的东西,那叫稗子,和稻子有点像,实质是野草,它常常混在稻田,和秧苗一起抢营养,农民最讨厌它,见到它想方设法要拔掉。

而我喜欢盯着堰口的流水,因为会有鱼经过。

"有了,有了",我大呼。一条有一拃长的刀鱼,顺着水流,身不由己地游向稻田,在豁口处紧紧地贴着地面,露出黑黑的脊背。母亲听到我的喊声,摸起身边的铁铲敏捷地弯腰,铁铲向下一舀然后高高挑起,刀鱼狠狠地被摔在田埂上。我在一旁高兴地拍着手叫。

比起我母亲来,我小爹捕鱼就逊色多了,也许是他年纪大的缘故。我小爹是我爷爷的亲弟弟。我家的地和他家的地相邻。

他常常眼睁睁地看着鱼,从堰口哗啦啦地拍打着浅浅的水,挑衅般地游向稻田深处,被一片绿色淹没。一切安静下来,他才不紧不慢,一步一步地走向稻田深处,天罗地网般地搜寻那条鱼,每踩一脚稻田里就翻起黑色的泥花,黑油似的,土地那个肥啊!刀鱼借机躲进深深的脚窝,小爹俯下身子,像顽皮的孩子,一个脚窝一个脚窝地掏,汗水顺着他爬满皱纹的脸颊,啪啪地掉到稻田里。最炫目的是他站在绿油油的稻田里,紧紧地攥着一条刚刚摸起的鱼,然后高高举起,那时脸色黧黑的他,脸上霎时一片金子似的灿烂。这也是种地人才能享有的快乐。

我们那里是沙土地,不仅能种植水稻、小麦,还能种瓜果。瓜果类让我印象最深的就是方瓜。家家户户的院子里,田间地头,河沟边,从春天开始就热闹起来,一朵朵黄色的方瓜花高高地举着,金色的喇叭一样,你不让我我不让你,是争着开抢着开。夏天到了，藤蔓间蒲扇大的绿叶下，全潜伏着一个个油光发亮的方瓜。这时人家的餐桌上也是方瓜的影子，方瓜丝，方瓜条，方瓜块，方瓜饺子，整个一方瓜宴。但是百吃不厌。这时餐桌上如果多一盘鲜美的鱼，尤其是从稻田里捕来的鱼，那就更让人激动了，意外之喜，格外让人兴奋。

放水能给我带来希望。

有一天，母亲有急事，没有时间去放水，让我去，我也学着大人的样子，扛着铁铲，头顶着热辣辣的太阳，走向那片绿油油的稻田。一路上我也有太多的不情愿，因为天真的太热了，空气像划根火柴就能着了似的。是鱼，是鱼的诱惑，让我一步步走向蒸笼般的田野。

远远地就能看到一个苍老的身影，在田间忙碌，那是我小爹。

让我惊诧的是，我家的稻田里全是明晃晃的水，我小爹已经把水放好了，我不用在大太阳下等水放满。那时没有防晒霜。有时要放一上午水，人都被晒得像黑炭。

这时我说了许多感激的话，小爹一言不吭，只是笑，只是笑，那笑容和逮到鱼时的笑容一样灿烂。在我记忆中，我几乎没有听到他说过话。他只是默默地干活，帮自己家干，帮我家干，帮需要帮助的邻居干……

很多年后的一天早上，我打开网络，一个专家谈到现在的农村种植，他说："比如说灌溉条件。以前是生产队统一管理，只要一放水，几百亩水稻就灌溉了。现在有人种水稻，有人要挖鱼塘，灌溉系统破坏掉了。……"

夏夜，城市，没有蛙鸣，但我似乎能闻到稻花的香味，遥望着家乡的方向,我想,今年是否是个丰收年?

经常帮我家放水的小爹,早已到了另外一个世界,但我脑海里常常浮现起,放水时的情景……

菊花满头

小时候我家有一个特殊的邻居——南京下放户。他家有两个女儿，小女儿叫莹莹，那时有十七八岁。

她梳着两条黑漆漆的大辫子，在辫梢扎着当年十分流行的蝴蝶结，淡蓝色，走起路来，蝴蝶结在她身后一上一下地跳跃，像舞蹈似的。她皮肤很白，象牙色，嘴唇呈花瓣似的弧形，红润润的。有时她会把麻花辫盘在头上，像向日葵边缘的花瓣似的，在村子里实在是出众极了。用农村人的话说，她就是从电影上走下来的人。

她不仅喜欢为自己做各种发型，还喜欢为我做。她无师自通，会做许多花式，有时帮我梳丫鬟的发型，有时帮我梳小姐的发型，每次我都很享受地坐在凳子上让她忙上忙下。那时的我饰物就是两根黄色的皮筋，她的饰物比较多，以黑色的卡子为主，还有颜色各异的头绳。她的手很巧，不多的饰物，总是能把我打扮得像模像样。回到家，母亲常常会笑着说："又是莹莹把你捯饬成这样的。"为了保持发型,有时我睡觉都不敢乱动。

那年深秋,她家院子里的一大丛菊花开了,金灿灿的颜色,太阳似的,开得肆意张扬,浓烈耀眼,小院子里明晃晃的,装满太阳的颜色,站在不远处就能闻到扑鼻的菊香。

我常常流连在菊花丛前,她看透我心思似的叮嘱我,只能看不能摘!她爱花,她家茅草屋内几乎是家徒四壁,没有值钱的东西,这些盛开的菊花成为她的宝贝。我努力地攥紧手,因为我真的想摘。有时我会用商量的口吻和她说,摸摸可以吗?她笑着说,可以。我又会得寸进尺地说,闻闻可以吗?她大着声说:"可以,我的大小姐。"得到她允许,我才敢走上花前,用手轻轻地托起一朵花,鼻子凑上前,深深地嗅一下,然后夸张地说,好香啊!也许我的样子比较滑稽,她见了咯咯地笑了起来,声音清脆悦耳。

一天午后,阳光又金子似的洒下来,她让我把凳子搬到院子里,我知道她又要把我当作她的发型模特了。

我扎紧的麻花辫被她一下一下地解开,头发黑色瀑布似的淌下来。那时我是村里头发最长的女孩,拖到屁股下面。

她一边梳一边夸我的头发,我像一只听话的小猫,静静地坐在凳子上任她摆布着。她一会儿拿起黑色的卡子,卡住我的一缕头发,一会儿把梳子沾上水在我头上梳起来,有时都把我的头皮弄疼了。看到我咧着嘴,她会轻轻地说:"是不是很疼?疼你就告诉我,我下手好轻点。"

那天梳好后,她前前后后地端详着自己的作品,好像不太满意,我努力地在板凳上坐正,让她瞧个够。忽地她转过身子向菊花丛走去,摘下一朵花来。她摘花?她会舍得摘花?正在我狐疑的间隙，她小心地把一朵菊花插在我的耳边。我瞥见她眼睛像被花点燃了似的，亮了一下，然后她又到菊花丛边摘下一朵，我的心扑通扑通地跳着，那可是她的最爱呀！我像一下子受到重视似的，努力地挺直身子，迎接她对我的恩赐，一朵，两朵，三朵……她让我把脸转过来给她看，她笑了，笑得像花开一样的灿烂。

她说，真美啊！说完，她急匆匆地跑回屋拿出一面镜子，放在我面前。我朝镜子里一看，那是我吗？头上疏密有致地插上金灿灿的菊花，眼睛乌黑晶亮，稚嫩的小脸上写满笑意。霎时，我觉得自己成了一朵盛开的菊花，暗香浮动。她说，要是有照相机就好了，留个影。当然不可能有照相机的，所以也没有留下影像。

那天，我顶着满头的金黄回家，脚步细碎，连脖子都不敢动，我担心花会掉下来。

下放户政策落实时，她们全家回南京了。那时我还没有读小学。从城市下放到农村，他们一家确实吃了不少苦头。

前几天，因为要参加一个重要的宴会，我破天荒地到理发店花钱做了发型。造型师是一个年轻的姑娘，她拿起一根价格不菲镶满水钻的簪子，插在我盘起的发髻上，她拿出一面镜子，让我看看镜子里的自己，我一下子想起莹莹来，想起她专注地为我做发型的样子，想起我头上插满菊花的情景……她该有六十多岁了吧？

有些事无须刻意地记录，它会悄然地走进你的心里，沉淀在记忆的心湖，成为永不褪色的影像。

菊花满头。在清贫的日子里，她倾心拿出自己的最爱，只为我那一刻的美丽……

后记：

知青文学，一度丰饶了我的岁月。我记住了许多作家的名字，王安忆、史铁生、叶辛、梁晓声……因为他们都曾是知青，从《我的遥远的清平湾》《69届初中生》等作品中，我看到作家笔下的农村孩子是那么的熟悉，就像我的邻家小伙伴，有时也发现有我自己的影子。那时，我会想，张淑华要是回忆自己全家在苏北农村下放的生活，会想起我吗？我多么希望她也成为一个作家，我想读读她笔下的我，一个南京下放户眼中的乡下女孩是什么样子。当然这是不可能的。

文中莹莹的真实姓名叫张淑华，我家曾经的邻居，我称之为姑姑的南京姑娘，像一滴水，回城后淹没在城市的滚滚洪流。随着年龄的增长，我有一种冲动，想到南京找她，看看她现在变成什么样子。不知哪一天我会把自己的心念，化作寻找的行动。据说回城后，她住在南京中华门一带。

第二辑 眺望乡愁

灯如豆

闪烁在记忆中的那盏灯是素朴的：空的墨水瓶是身子，一块薄薄的圆铁片上有一个洞，一根雪白的灯芯从中穿过，灯芯的下半身悬浮在煤油中。每当黑夜从村头开始向村里弥漫，灯就在哗的一声中亮了，如豆，但它努力地把黑暗灼出一团光来，母亲的影子也霎时清晰起来。

灯亮了，黄豆大小，不大的屋子里，因为有光，也有了温馨，尽管不是很亮，但全家人的脸都生动起来。

母亲在灯的不远处，有固定的位置，是一把矮矮的木凳子，她手里永远不得闲，有时是需要缝补的衣服，有时是需要挑拣的粮食，有时是纳了一半的鞋底……离灯最近的是我们姊妹仨，或写作业，或看书。一切完毕后，母亲才开始大着胆子说话，有一搭无一搭地讲一些事，有关家族的，从她零零碎碎的讲述中，家族的事在我脑海中连成了家族史：我爷爷不是个重男轻女的老人，很可亲，我刚落地时，家人向他报喜，添了个孙女，他很激动，顺口给我起了一个乳名，很漂亮；我奶奶的娘家过去是开牛行的，有点像现在开汽车租赁公司的，因家境富裕，烧一手好菜，哪怕是一个红缨小萝卜，经过她老人家的手也能花样翻新，做出几个花式来；我爸爸曾经被大队委以宣传员的重任，为了练习在墙上画画，我家的土墙被他画得不成样子……她也会讲村里人家的事，现在想来，看似无心，实质有意。有一天，村里张家的老牛从李家的麻地走过，把麻地踩得乱七八糟，刚露头的麻苗统统遭了殃，两家人拳脚相加，恶语相向。母亲轻描淡写地说，哪怕有一方退让都不会是这样的结果……

素朴的灯，每到黑夜来临，总是在母亲粗糙的手中，菊朵一样，亮着。一家人守着灯，开始干各自分内的事，读书的读书，做家务的做家务。岁月如流，白天和黑夜周而复始地交替，灯下事，没有预约，像是一直在重复昨天的故事，但里面一直暗藏着新意，如我们悄悄长大的个子、日渐丰裕的思想。

如今，那些乡间简陋的灯盏，在民俗馆里被一层透明的玻璃笼罩，连一丝灰尘也不让沾，像被供奉，寂寞时光里换来的厚重，注定要被赋予诱人的光环，但它仅仅存在于民俗馆吗？其实还闪烁在许多人心中。

抬头仰望家中天花板上的灯，比星星还亮，当然造型也要丰富的多：有圆的，紧紧地贴着天花板，像是从半空里开出的花；有长长的，悬挂着，像是成熟的瓜果；有形态不规则的，像漂浮的祥云，又像某一个化学元素的符号……

不知何时，灯成为装点房间、显示个人审美的器具，但是每到黑夜来袭,往往要啪啪按掉许多开关,让它沉默,偌大的房里只让书桌前的台灯,安静地吐露着芳华。

孩子伏在灯下,勤勉地看书、写作业。室内的墙上,倒映着模糊的影子,空气中像是有水的晃动。灯光橙黄,那是菊的颜色。

一切似昨日,仿佛更有不同。

灯下的身影,提醒我,脚步要轻,声音要柔,一切的一切,都在悄悄中进行。只有当孩子合上书页,打着呵欠,伸着懒腰时,我才开始一个母亲该有的唠叨。

我是在忽然之间想起我母亲的,在她身上,我看到了自己的影子,这让我有点心惊。忙碌的生活,让我们不停地赶路,缜密的心思,过多地放在功利的获取上,我们何曾拿出时间细细地体味上辈人的过往?

我像我的母亲那样,开始灯下的絮叨,有关家族的,有关做学问的,有关做人的……像微风习习,似溪水淙淙,若燕子呢喃……

人世间的酸甜苦辣,成为灯下的滋味,滋补着我们的筋骨,丰饶着我们的精神。

岁月如流,有许多东西已被岁月抛在深处,与我们后会无期,如母亲手工缝制的笨重的棉衣,夏夜手里那把清风总是飘向自己的蒲扇,从粮食缸里进进出出的那柄葫芦劈开的挖粮食的干瓢。但灯不能没有,尤其是灯下的生活不能没有。有了灯才会有光,人的生活怎能没有光的参与?

于是,灯下的故事,在一扇扇窗子里上演着,没有彩排,没有预告，当然也不会有掌声。但我肯定，温馨的灯下生活，必将丰盈我们的人生。

　　我的母亲也是灯，虽然她名字叫梅，却有菊的香。

第二辑　眺望乡愁

那一年，我们在捉癞蛤蟆

癞蛤蟆，实在是丑陋的，光是浑身的癞疙瘩就让人感觉瘆得慌，离八丈远都觉得恶心，更别提捉它了。不过，有一阵子我们村里小孩子纷纷放下扫把和网兜，不再捕捉蜻蜓和蝴蝶，捕捉癞蛤蟆了。

那一年夏天，我和小伙伴究竟捉了多少只癞蛤蟆，数不过来也记不清。总之只要有空，大家就勾着头到房前屋后、阴沟树林里，捉癞蛤蟆。

食道癌，是我有记忆以来知道的第一种癌症。随着年龄的增长，各种癌也在我耳畔缤纷起来。恐惧自然是有的，但和四十年前比，现在是见怪不怪，十分淡定。因为现在患癌的人，比过去多多了。

小玉的妈妈四十多岁，正是年富力强的时候，却得了食道癌，我们整个小村子发生地震似的，全村男女老少都在谈论这件事，声音里有惶恐，有担忧，有悲伤，甚至连树上的鸟叫声也凄惨起来。

　　小玉妈妈为什么得食道癌，一时也是众说纷纭。不过，也没有说出个所以然来。

　　小玉家住在村头，那里有一棵大槐树。以往从初夏开始，树下就坐满纳凉的人，枝头的鸟在树上跳来跳去，叽叽喳喳地叫，树下的人也不甘寂寞，三五一群兴高采烈地说，现在一片寂静，冷清下来。村里人回村，都选择绕道走，担心被传染。村里人说癌症是传染病。

　　大人谈癌色变，也影响到我们小孩子。

　　小玉妈妈从医院回家了，整天坐在院子里。有一天我经过她家，透过她家的竹篱笆门，悄悄朝里望，小玉的妈妈坐在院子里，脸色黄纸一样，下巴直接到胸部，因为脖子肿得都看不见了。七八岁的小玉，苦着脸，在院子里笨拙地做着本该属于妈妈干的活。小玉是我们的小伙伴，平时她话也不多，现在更像一个哑巴。

　　有一天，小玉的哥哥在房前屋后找癞蛤蟆。原来他们得到一个偏方，那就是癞蛤蟆的皮能治疗食道癌，把剥下来的蛤蟆皮敷在患处，清热解毒，利水消肿。

　　癞蛤蟆，能治病！小村子沸腾了，一时大人小孩都忙着捉癞蛤蟆。

　　我和村里几个女孩子怕癞蛤蟆，怎么办？我们负责找，像侦察兵，看到癞蛤蟆，赶紧汇报敌情，总有人来治办它。

　　有一阵子，我最常去的地方是屋后的小树林，那里比较潮湿，尤其是雨后，常常看到丑陋不堪的癞蛤蟆，丝毫不以自己为丑，自信地仰着头，四平八稳地朝前爬，有着"我就丑你奈我何"的嚣张，完全把自己的丑当作挡箭牌。可是为了救小玉的妈妈，它的挡箭牌一点也不管用，很快成为瓮中之鳖。

我希望自己多多遇到这个相貌丑陋的家伙。

给小玉家送蛤蟆都是男孩子做的事，他们大多是把蛤蟆系在绳子上，有时一根绳子上能系十多只，到小玉家，也不进院子，在门外直着嗓子喊"小玉，小玉"。他们家人也心领神会，有人开门出来。一群小孩子把癞蛤蟆急急地送出手，有时直接扔在小玉家门前，一溜烟就跑掉了，任一大群系在绳子上的癞蛤蟆，五马分尸一样往四面八方拽着走，那情景倒也滑稽。村里人说，小玉家有毒，我们不敢靠近。下一次，我们又以同样的方式送癞蛤蟆，然后狗撵似的撤退。

不久，小玉家不需要癞蛤蟆了，因为小玉妈妈走了。那年初秋，小玉家一片雪白，冬天的雪花，好像提前落在小玉家的庭院里，小玉浑身缟素，像从冰雪世界里走来的。

后来，从小玉家爬出不少癞蛤蟆。因为村里人送的癞蛤蟆太多，小玉家把癞蛤蟆养了起来，需要时就捉一只。

小玉妈妈走了，小玉家把癞蛤蟆放生了。

癞蛤蟆真的能治疗食道癌吗？我现在也没有搞懂，但我相信，我们这群小孩子，每次给小玉家不仅送去了癞蛤蟆，还送去了温暖和希望。那时的我们，多像一群白色的天鹅，蹁跹在村前屋后！

小街连云

玻璃糖纸

八岁那年，我第一次见到衣着玻璃糖纸的糖粒，那是一个叫汪伟的女知青给的。

童年时，我们村里住有不少南京知青。他们中的任何一个回城探亲，再返回村里时，都不忘给村里的孩子们捎些糖果。糖无非都是甜的。最让我心动的是能拥有一张张色泽绚丽的玻璃糖纸。

把知青给的糖粒小心翼翼地剥开，唯恐弄坏蝴蝶翅膀似的糖纸。有了皱折就赶紧把它放在温水里浸泡、抹平，贴在玻璃板上晾干，然后再小心翼翼地夹在书中。

那些糖纸美丽极了。儿童手掌那么大点的玻璃纸上，印有那么多栩栩如生的画，有顽皮可爱的孩童，有晶莹洁白的玉兔，有鲜艳欲滴的花朵，真是应有尽有。色彩的搭配也随意和谐，桃红色的底配有葱绿色的斑点，大红色的花儿开在一片墨绿色中，宝石蓝的夜幕上镶有亮晶晶的星星……

第二辑　眺望乡愁

哪个知青回城探亲了，何时回村，我们都十分小心地探询着，眼睛也时常瞅着村口，瞅见了，便小鸟似的飞着迎上去，其中自然有一份真切的思念，但更多的是渴望他能分给我们几粒带有玻璃糖纸的糖。

糖吃得少，糖纸自然也不会多。一本书中就夹有二十来张糖纸，宝贝似的翻过来调过去地看，很渴望有更多的糖纸蝴蝶翅膀似的落在空白处，因而逢集时上街，都不忘勾着头在地上找，偶尔捡到几张便有沉甸甸的收获感。

把柔顺亮丽的糖纸，拦腰扎一道，便成了一只只美丽的蝴蝶结，用卡子卡在头上。也可以用线把一个个蝴蝶结串成串，当作项链挂在颈上。更为美妙的是可以用玻璃糖纸，叠成一只只指甲大小的船儿，整齐地摆放在桌面上，气势宏大，像一支准备远航的船队呢！有时，把一只只小船挂在窗前，微风轻拂，船儿来回摇摆，似在波峰浪谷中奋力前行。这一幕幕多年以后，都会像电影似的在我眼前回放，其间还配有悦耳动听的音乐呢！

现在的玻璃糖纸比我们童年时丰富多了，精致多了，却很少见收藏糖纸的孩子。有时见到很漂亮的一张，我会十分热心地向我的侄女们推荐，"瞧，这张糖纸多漂亮呀！"她们会用平静如水的目光斜视一下，然后一语不发各自忙开了。她们之间值得炫耀的收藏物已经不是玻璃糖纸，而是造型各异的卡通画了。

岁月在流逝，流逝的岁月会给不同时代的儿童以不同的记忆、不同的收藏物。是不是所有的人忆起儿童时代的收藏物，都会有一股苍凉之感呢？譬如我长大以后的侄女们。

在梦中，我常常会见到我童年时收藏的那些玻璃糖纸，蝴蝶似的成群结队地向我飞来，落在我乌黑的秀发上、长长的睫毛上、鲜艳的裙裾上，我轻轻地打一个呵欠，它们便嬉笑着顽皮地躲进近旁的花丛中。那些振羽飞翔着的透明的翅膀，是我眼中最美的图画；那些翅膀发出的哗啦啦的响声，是我心中最美的音乐。

第二辑　眺望乡愁

无用的装点

　　小时候家里的生活实在算不上好，日子一直过得紧紧巴巴。但我发现，母亲总是在生活之外，还有一份在外人看来是无用的支出，用来装点自己的生活。

　　多年以前，我们从没有见过活生生的金鱼。那时有走街串巷上门卖小金鱼的，是塑料做的，比小拇指大不了多少，五颜六色的。卖金鱼的人手里托一个玻璃瓶子，里面装满了清水，水里面潜伏着许多小金鱼，它身子下有钩子，用线牵着扣在塑料的水草上，半沉在水里。那些小金鱼逼真极了，尤其是金鱼的尾巴，各不相同，有的像扇子，有的像拖地的长裙，有的像蝴蝶的翅膀……瓶底的小石子历历可数，轻轻晃动瓶子，小金鱼们就像活了似的，在水草间穿梭嬉戏，摇头摆尾，真是热闹极了。

　　卖金鱼的人一路下来，生意清淡，总是围观的人多，真正买的人很少。在那个一分钱恨不得掰八瓣子用的年月，许多人都喜欢把钱用在刀刃上，有多少人会把钱用在这种无用的支出上呢？

那时母亲还年轻，也就三十六七岁的样子，她把卖鱼人的玻璃瓶子举起来，迎着光细细打量水中的世界。水晶莹透明，金鱼摇曳多姿，水草青翠欲滴，石子纹路清晰可辨，这就是缩小版的水底世界啊！母亲看着看着，笑了。我们几个孩子也都乘机围着她嚷嚷，叫她买。

后来我家的桌子上就多了一个玻璃瓶子，里面漂浮着许多塑料做的小金鱼，有红的，有黄的，有黑的……我们姐妹几个经常围着小金鱼看呀看呀，说呀说呀，笑呀笑呀。有时我们围绕着它，脑海中会产生许许多多的疑问：它们的家究竟在哪里，它们最爱吃什么，活的金鱼颜色真的那么美吗……

在邻居的眼中，妈妈买的实在是无用的东西，不能吃不能喝，仅仅是摆在家里看，有什么用？母亲听了只是笑了笑，不作回答。但是这瓶小金鱼实在是给我们姐妹带来了无穷的欢乐，在我们的记忆中它足足能让一些色香俱全的美味黯然失色。

母亲喜欢花，尤其喜欢木香花。每到农历四月，木香花蓬蓬勃勃盛开的时节，母亲就会忙碌起来。她常常拿着剪刀到院子里，把乳白色的木香花一簇簇地剪下，放在盛满清水的碗中，摆在她的床头，或家中的桌子上，这样我家的屋子里就缭绕着一股股淡淡的花香了。

无用的装点基本贯穿母亲的一生，家中的陈年旧物，儿女们脑海中的陈年旧事，记载了一个个尘封的过往。

长大以后，我发现在实用的消费之外，为一些无用装点的支出反倒让人心生快意。一个仅有手掌大的小篮子，一件做工精致的小挂件，一个充满少数民族风情的手镯……它们不能充饥也不能解渴，但是让它们伴随自己，总有清风流水相伴相随的感觉。"行到水穷处，坐看云起时。"没有预约，随意而行，谁能说这份心境，不是无价之宝呢？

　　生活中多点无用的装点，实在是一种趣味。周作人说，我们看夕阳，看秋河，看花，听雨，闻香，喝不求解渴的酒，吃不求饱的点心，都是生活上必要的——虽是无用的装点，而且是愈精炼愈好。

　　也许只有对生活充满情趣充满热爱的人，才会用无用的装点来美化自己的生活吧！为生活作无用的装点，实在是一种境界，一种修为，一种品位。

小街连云

鸡叫与乡愁

我常常在鸟的啾啾声中醒来,开启新的一天。

一日清晨,于鸟叫声中我真真切切地听到了鸡鸣。"鸡鸣桑树颠。"在市中心的生活小区听到鸡叫,有异样的感觉。在城市,白天除非在菜市场,否则小区里连一根鸡毛也不容易看到。"狗吠深巷中。"狗倒是随处可见,不过此狗非彼狗,大多不叫,叫也不是汪汪。而自称狗爸狗妈的人,也教它们喊爸爸妈妈,无奈狗还是狗,就是聪明的泰迪,学起人来,也怪腔怪调,招人笑。

我清晨听到的这一声声鸡叫,是原汁原味的乡村滋味,好似掠过田间地头飘来,带着乡野的清新。我简直不想睁眼,愿自己沉睡于"暧暧远人村"。

我十二岁之前过的是乡村生活,家中没有时钟更无手表,每天早晨醒来上学一事,都是母亲在喊。鸡是母亲的报时器,母亲又是我们的报时器。那时,耳边常听到有关时间的概念,是鸡叫一遍如何如何,鸡叫两遍如何如何……对此,我基本是没有概念,鸡叫就是鸡叫，管它叫几遍，与我何干？不像母亲分得那么清。

现在想来，母亲甚是辛劳，带着疲惫入眠，要惦记第二天田里的劳作，还要惦记三个孩子上学的早饭。鸡固然是报时的功臣，如果母亲像我们一样心无杂念，沉沉睡去，岂不知要误了多少大事？身为人母，全是责任，任性不得。

我的孩子上学时，我都是用手机报时，提醒自己早起做饭。我常常在睡意蒙眬中极不情愿地醒来，头天晚上计划好的早餐，因为起得有点迟，实施时总是缩水，一减再减，本来三样变为二样，本来二样可能变为一样。好在孩子就是孩子，没有发觉，有时反而说我做的早餐好吃、丰富。孩子六年级时的那个冬天，我还以锻炼孩子自理为名，让她起床先把馒头上锅馏着，然后我起来做点别的。这样连续有两个月时间，终因我良心发现，及时停止，孩子也全无怨言。今天想来有点惭愧。

孩子读大学了，我不用早起，一觉睡到大天亮。幸运的是我家楼下植被极好，还有一个大的院子，每天早晨鸟把这里当作广场，练声的练声，蹦跳的蹦跳，谈情的谈情，说爱的说爱，我在偷听中享受着鸟给我带来的欢愉。想到我挚爱的孩子，她也是一只远飞的小鸟。此时躺在床上的我，涨溢于心的全是温暖。

我没有想到，清晨惯例的鸟叫中，有鸡的介入。

这是乡下亲戚送来的一只鸡？有可能。我家乡下的亲戚就送过如此重礼。头天晚上，我们把鸡暂时安置在卫生间，等天亮时再想法置办它。第二天，天麻麻亮，鸡就是鸡，即便到了城里，仍然没有忘记自己的职责，像在乡村鸡舍一样卖力，叫的声音，堪称地动楼摇。我被惊醒，对顾先生说，没想到这只鸡劲头这么大！顾先生毫不谦虚地说："开玩笑，我们新沂的鸡。"一个人对故乡的爱，有时近乎"无耻"，但自己全然不知。

那只鸡，实在是美味至极，以至我的孩子几年以后提起那顿盘中餐，还要滚动舌头，作吞咽口水状。

天已大亮，该上班了，小区里依稀车动人喧，压着性子的那种小心翼翼，这是心有他人的举动，也是一种潜入人心的文明。此时鸟倒是极为尽兴，大叫特叫，不过一点都不叫人心烦，在鸟语花香中醒来，如果还大呼忧愁，那也是"为赋新词强说愁"，断然不可信。

以后的清晨，依然是只听鸟叫不闻鸡鸣，我估计那只鸡已成为餐桌上的一道美味，只是不知撩起了谁的乡愁？

第二辑 眺望乡愁

河上花正开

老爸这次从老家回来,给我们带回一个劲爆消息,那就是一直令我二叔头疼的儿子——大勇,我的堂兄弟,一个运河上跑船的年轻人,年近三十,村里出了名的老大难,带回一个城里媳妇。这本不该吃惊,可他们是通过 QQ 聊天认识的,聊天认识的在如今这个社会也不该吃惊,可他们闪婚了,这年头闪婚多了去了,也不该吃惊,让我们吃惊的是他们可是裸婚啊!

大勇的媳妇究竟是一个什么样的女子啊?

大勇不是省油的灯。高考落榜后,他一根筋地要在运河上跑船。我的一个姑姑嫁给运河船上人,世代船家,每年暑假他都要随姑姑家的船从南到北地漂上一段日子。不知从什么时候起,跑船成为大勇的人生追求。人世三件苦,打铁、行船、磨豆腐。我二叔拼死反对,大勇拼死抗争。纵观世上,在追求事业和爱情的自由时,有几个父母能完胜子女的? 大多是手下败将。

我二叔极不情愿地,用半生的积蓄,给他置办了一条水泥船。

开始船一直挂靠在姑姑家大船的后面，几年下来，他就另起炉灶单干了，还雇了一个水手。事业上稍微有点起色，婚姻大事又摆上了日程，村里和我二叔同龄的人早已做了爷爷，而大勇还独身一人，在大运河上漂。其实这么多年，大勇不是在相亲，就是走在相亲的路上。

一直让二叔揪心的大勇，最终以令人咋舌的方式，解决了自己的婚姻大事，抱得美人归。一直看大勇不顺眼的二叔，有点被打脸的感觉。尽管他对儿子的婚姻是百般质疑，但一直是放在心里，唯恐自己是乌鸦嘴。

我看到大勇的媳妇已是两年以后，那时我二叔的怀里抱着胖嘟嘟的孙子，他老了，牙也掉了，不管不顾地笑，老小孩似的。

老家的另一个亲戚家有喜事，我们都从城里出动。顺便说一下，我的老家在沭阳县北丁集乡，村子东边不远处就是淮沭新河，大勇就是从这条河起锚，成为大运河上运输大军中的一员的。

大勇的媳妇是淮安市区人，说话淮安腔，我们那里人说淮安话是"猫"（读第一声）话，大勇的媳妇自然也是小"猫"子了。小"猫"子，个子不高，最多一米五五，身材纤细，面皮白净，单从穿着上看，一点不像船上人，就说脚上踏的二指厚的松糕鞋吧，就让我的小心脏扑通扑通的，穿这家伙能上船吗？年轻人玩的就是心跳，我们也不好说什么。不过，我一下子理解了二叔最早的担心。

那天在酒席间，她给不少亲戚送布艺，自己做的。其中送给我的是一件绿色棉布做的手镯，镯身子是麻花辫式的，接头处是大红色的布纽扣，手镯的中间位置除用布盘了一朵鲜红的花，还

第二辑 眺望乡愁

有一串米粒般大小的铃铛,手腕每摆动一下,铃铛就呼应似的发出细小的声音,像是少女羞涩的笑声。这是一件民族风味十足的手镯,我激动得差点喊她三声姑奶奶。不久前,我逛街时头脑一热,买了一件短袖的、豆绿色的、胸前绣上大花的少数民族服饰,正急需一件与之相搭的配件。见我手舞足蹈的样子,她笑着对我说:"二姐,扫我的二维码。"扫她的二维码,难道还有什么埋伏?果然,她向我提要求了,那就是要我每天转发她的微店广告,她不是跑船的吗?原来她一边跑船,一边开了一个手工饰品网店,店里手工品品种繁多,除手镯外还有十字绣、丝带绣、挂件绳……最少要转十天。我的天哪,看来"吃人嘴软,拿人手短"这句话,是千真万确。想我什么时候,如此厚颜无耻过,在朋友圈连发十天广告?她见我有为难之色,立马亲昵地上前,搂着我的脖子说:"姐,发看看呗,有一个人看也行!"买卖不成,看看也行,这几乎是跪式服务了,在这个全民微商的时代,颜面算什么?我决心,连发十天。除我之外,那天她还发动其他亲戚连发十天广告。

对她的生活,我一下子羡慕起来,这船上的生活,多诗意!老公在前面掌舵,劈波斩浪,娘子在船舱,飞针走线,今天绣一朵黄花,明天搓一根精美的大红色的挂件绳,手里一会儿捏紫线,一会儿捻绿丝,兴致起时,抬眼看看运河两边如诗如画的美景……我终于理解,她为什么宁愿从工厂辞职,也要上船的原因。

不过,我二婶子对这个媳妇可是心疼,说她苦着呢!她苦?

在岸上看风景的人,只看到画中人微笑的脸。

船上的女人,俗称船娘,担负着生儿育女、抛锚解缆、清扫船体、岸上采购等任务，刮风下雨，行在水上，担惊受怕。冬天结冰，甲板上像镜子，寸步难行。有时为了赶潮水，要日夜兼程。如果遇到航道堵塞，要断水断粮好几天……在我二婶子口中，大勇的媳妇实在是船上的功臣。从二婶子口中，我还知道她有另一层苦，那就是由于和大勇是裸婚，她和父母的关系一直没有解冻。

可这丫头对我绝口不提苦，满脸写满了甜，除向我推销她的手工品，就是搂着我的脖子玩自拍，嘟嘴卖萌，摆出剪刀手搞怪，现代年轻女孩会的她一样不落。不过，后来我拉她手时发现，她的手粗糙黧黑，不像十指不沾阳春水，一心只拿绣花针的手。这是一双有故事的手。

临别时，她叮嘱我，一定要连发十天广告，给她的微店拉拉人气！我无法拒绝，也不忍拒绝，更不该拒绝。

初登舞台的歌手唱歌，需要的是亲人的掌声。刚开微店的她，需要亲人的吆喝。人行走在世上，哪一样离开亲人的扶持呢？一个眼神，一举手一投足，那都是爱的表达。

回来后，我按照她的嘱咐，在朋友圈一连发了十天广告，引来不少朋友"驻足"观看，咨询的，问价的，好不热闹。

淮安离我所在的城市实在是太近了。

初春的一天，站在运河边，看着碧波荡漾的运河上，漂着一条条行船，我不禁感慨万分。大浪淘沙，运河上的船也在岁月的更替中，逐渐改变了它曾经的功能。往京城运粮已是过往，这有点像准备用来抵御外敌侵略的长城，早已成为后人景仰的丰碑。前人又何曾想到，后世船上的船娘，又会有新的职责？在行船的间隙，忙里偷闲把琐碎的时间，缝缀成一件件精美的饰品，通过网络让它在大地上芬芳。

　　运河上漂泊的船，它们有一个共同的目标，那就是驶向幸福的方向。

　　突然，我看到一个身材不高的女人，在船上弯腰从河里打水，哗地重重地泼到甲板上，然后拿起拖把，上上下下用力地拖……我想起大勇的媳妇来，觉得眼前的女子是她又不是她，透过船舱我依稀看到满舱的桃红柳绿，在绸缎似的运河上静静地绽放……

冬天的声音

苏北的冬天,冷。河沟里的冻,白闪闪的,几寸厚,村里小孩在上面尽情地撒欢,是冬天一景。一夜过来,直晃眼的大雪,没至膝盖,也不新鲜。

我,记忆中的苏北冬天,就是这样鲜活,如画。

仅有这些还不算,伴随着的还有声音。冬天还有声音?是的,这声音有金属的质感。七十年代的苏北,农村没有自来水,家家院子里有一口缸,土陶做的,憨憨的,供人畜使用。冬天到了,缸大多被挪到厨房,防止冻裂。于是,缸就成了厨房的眼睛,亮汪汪的。

秋天自不必说,无论是春天,还是酷暑寒冬,我家第一个起床的人,总是母亲。冬天的早晨,早起,要烀一大锅山芋,除人吃,余下的都用来喂猪。清贫的乡下生活,在我记忆中最丰饶的是深秋,这个时节打谷场上的山芋,堆得像一个个小山包,大小不一。人们进进出出,脸上堆满了笑。这可是半年的粮食啊!因为那时我家乡的土地大都是碱盐地，种下的麦子有时连麦种都收不上来，土地改良是后来的事。

寒冷的早晨，躺在热烘烘的被窝，我们常常听到乒乒乓乓的声音。母亲从山芋窖里，掏出一大盆山芋，放在木桶里洗，由于山芋多，不可能一个个用手搓，都是放进装了水的桶，用木棍捣。山芋在桶里，演一出出人生大戏，那就是浮浮沉沉，浮起的被狠狠地捣下，捣下的又连滚带爬地浮起，一个个百折不挠。乒乒乓乓一番后，山芋的身子，被捣得像穿了一件粉白相间的花衣，漂亮干净，这才够格，上锅烀。

那时冬天，感觉比现在冷，脾气也烈得多，屋檐下常挂冰溜溜，锥子似的，晶莹剔透。河里动辄就结几寸厚的冰，直到春风吹起，才渐渐消融。缸尽管被挪到厨房，由于保暖设施差，里面的水也常常油膏似的冻起来。有一回，我躺在热被窝，听母亲念叨"天真冷，缸里的水又冻起来了"。舀水的干瓢砸在上面，当当响，看来冰结得真厚。紧接着，有"咚——咚——"声传来，那是母亲拿棍用力在捣冰面，很快就能听到哗哗的舀水声，听到山芋在桶里哗啦哗啦的喧嚣声。

冬天，农村的孩子还有一大乐趣，那就是捞出水缸里的冰块，玻璃似的，把玩。玻璃，在乡村并不常见，这时举起冰块看眼前的景物，原本清晰的房子、树木都喝醉了似的，恍惚起来。更有甚者，把冰块放进嘴里嚼，咯吱咯吱的响，小嘴冻得像红色的花骨朵。

因为太冷，被冻成红萝卜似的小手，终于忍受不了。这时又有新的玩法，那就是踮起脚尖，奋力把它掼在地，有哐啷声，清脆悦耳。冰借此笑得是四分五裂，直往草垛里钻。随之响起的，是孩子们咯咯的欢笑声……

在我看来，母亲好像永远都不会老，不是吗？只要是能挣到钱，她总是有很高的兴致，眼更亮了，手脚也更麻利了。她不怕吃苦，在农村时常常一个人在地里忙，早晨踏着露水出家门，晚上回来时，披一身星光。家里的那几亩薄地，不知撒下她多少汗水。后来，随父亲进了城，她依然如此，在码头上搬运化肥。天冷时，许多人嗷嗷直叫，不愿加班，而她不怕，只要给满意的加班费，在寒冷的冬天，她也能整夜整夜地扛下来，否则培养三个孩子的费用，从哪里来？

母亲的老，是从七十岁时的一场大病开始的，病愈后，她也像变了一个人，原先的那股精气神都不见了。一切都慢了下来，说话慢，走路慢，即便是走在斑马线上，她眼里写满了快，可是两条腿却怎么也不听话，懒惰了。有人见过七十岁时的京剧名伶——孟小冬，昔日的"冬皇"风采不在，就是一个普通的老太太啊！于是，她感慨万千，说无论你是什么皇还是什么帝，一旦被岁月搓洗，都会成为灰扑扑的影子。我平凡的母亲，自然也避免不了。

母亲在我猝不及防中，老了。真不敢相信，眼前这个灰扑扑的影子，曾用声音，愣是把寒冷的冬天，搅合得热乎起来……

第二辑　眺望乡愁

过寒菜

　　我是突然想栽过寒菜的，比正常栽种时间，晚近一个月。顾先生也阻挡不了我。我有时所谓的执着，在他看来就是二，犯二。菜栽下去后，长势并不喜人。嫁错人是一辈子，误农时是一季子。过了节气栽种，要求不高，能活就行。一切希望寄托在年后春天。只要能活，春天时它定会抖擞精神，开出黄花的。我就想看看花开时的样子。因其本性耐寒，挨过几天苦日子，也勉强活了。

　　十多天后，菜心的叶片才在寒风中，抖抖索索地伸展开，四周的菜叶，蔫头耷脑，又黄又老。每棵菜都如此。我还是很欣慰的。一个身居闹市的人，拥有一片菜地的快乐，不是一般人想象出来的。

　　当我发现菜有鸡啄过的痕迹时，我立马否定自己的判断。因为小区里根本就没有鸡。早晨，我偶尔会听到鸡的叫声，估计是谁从乡下老家带来的，很快叫声消失，估计它早已成为餐桌上的美味，慰藉了思乡人的味蕾。园子里经常有猫出入，即便是落魄到流浪的境地，按常识推断，一只猫也不至于没出息，靠偷吃青菜果腹。无论怎么说，我栽的过寒菜，不是越长越大，而是越长越小，每棵菜的四周都成锯齿状，一看就是尖嘴的家伙干的。

有一天，我的邻居用开玩笑的口吻，说我这个冬天干了好事。我懵圈了。经他点拨，才知许多小鸟会光临我的菜地，吃得很欢。真相因此大白。

我觉得好玩的是，每次我站在窗前往楼下看，都只看到小鸟在树枝上，朝我歪着头叫，有时很多只站一起，像五线谱，你一言我一语，也不知说的是什么，那时我好羡慕古代的公冶长，据说他懂鸟语。当我拉开窗户，想听得更清时，它们齐刷刷地飞出园子，不见踪影，我眼前只剩一片瓦蓝的天。低头看树下，有层层落叶，似落到地上的鸟语，松软而馨香。

它们是如何偷吃我家菜的，这些全部落入邻人的眼里。知道后，我并不恼，作为一个文明的现代人，这点觉悟我还是有的。冬天，草黄水瘦，连一片绿叶也不易见，更谈不上有肥硕的虫子、甜美的果实，鸟到哪里觅食？总不至于饿肚子吧！我栽的过寒菜，能成为鸟打牙祭的美味，说明它们面对困难，不等不靠，勇于自救，可圈可点。我所谓的看看花开，与鸟果腹相比，算是矫情。

枝叶繁茂的季节，我也种过瓜，种过菜，小鸟们，不是这样子的，从不稀罕，只是在园子里蹦来蹦去，唱个不停。我一度觉得我家园子里，每一朵紧致的花苞早早开放，就是迫不及待想听鸟唱歌的。那些鸟，唱腔有异，但都动人。

冬天，找不到食，原本矜持的小鸟们，也不矜持了。

在许多人眼里，我是一个矜持的女人。矜持的女人总是有魅

第二辑 眺望乡愁

力的。其实他们哪里明白，我小时候是不矜持的，一点儿也不矜持。麦香滚动的季节，我常常偷偷地钻进村东的麦田里，翻找夹杂在麦行里的豌豆，用不了多久，我就把衣服上的两个口袋装得鼓鼓囊囊，像饱胀的鸡嗉子，然后又神不知鬼不觉地躲过看青的中年男人，溜回家，煮着吃。整个季节，我浑身上下，连头发里都潜伏着豌豆的香。

我自以为是的作案，是在多年以后被戳穿的。当年那个身手敏捷的看青人，在流逝的岁月中，理所当然地老去，老得几乎走不动路，只能靠在墙角晒太阳。我回到儿时的村庄，他还能记起我的故事，那就是小小的人儿溜进麦地，眼欢手快摘豌豆。我这个所谓的神偷，其实哪里能躲得过他这个神捕头的目光。村东的那棵歪脖子树，是他的瞭望塔，我在麦田里的一举一动，蹲在树上的他，像看现场直播。他颤抖着说，小孩子吃不叫偷。那叫什么呢？我哽咽着，一句话也说不出。

冬天的午后，有蓝天，有丽日，每一寸光阴里都藏着绵绵的情意。我在园子外，成一个看客，只见树上地下全是蹦蹦跳跳的鸟，它们的叫声密密麻麻，层层叠叠，堪称浓稠，连水都泼不进去。原来欢乐的声音是有厚度的，可以用尺子丈量。

我瞥见席子大小的菜地，不时有鸟划出弧线，起起落落，嘁啾鸣啭。我小心地经过，假装什么也没看到。

第三辑

人闲花落

小街连云

春天的花园

一 闲地花开

楼下有一块地,闲置多年。杂草在里长得很欢,杂草下全是碎石,面目狰狞。每走一步,草拦石绊,阻碍重重。闲地,激起我化腐朽为神奇的欲望。

家父沿边缘,栽十棵桃树。春天时,桃树很是给力,桃花铆足劲地开,让人看了心疼,干枯的枝干也不知哪来的活力,蹦出一簇簇一朵朵妖娆妩媚的花,惊艳了天,也惊艳了地。我喜欢桃花,成片的桃花,有气壮山河的美,是蓝天丽日下最炫的画。

桃花,开得很盛,随之各种声音,也如花瓣般飞溅。

有的说,桃树种多了,花再好看,也是一种花,不如多栽几种树,多开几种花。

有的说,种石榴,多子,多子多福嘛!

有种桃经历的人见此大呼,哎呀,桃树好生虫,然后把自己种桃树的惨淡经历分享出来。无非是有一天，桃树轰然倒下，主人一脸蒙圈，后来才发现树身上有个大洞，可恶的虫子乘人不备，偷偷地下了毒手。可怜的桃树虽有主人的呵护，终因不会人言，死于非命。

每天只要我朝地里一站，各种声音纷至沓来，如果我是一棵光秃秃的树，那些飞来的语言是叶子，我定然肥硕，样子怪异。一开始我还辩驳几句，后来我发现最好的回应办法就是笑，再笑，接着笑。

至此，我想起一个故事，意思是如果你不想说实话，而又不想得罪人，最好的方法就是咧开嘴，呵呵地笑。

操持这块闲地，让我咂摸到另一种滋味，和人生酷似。当初拔杂草，清碎石时，几乎无人看好，觉得我们一家人都是闲得慌。不是闲得慌，会全家老小赤膊上阵，因为一块不相干的闲地，和杂草斗，和碎石斗？

当初这块地闲置时，人们默默地从它旁边经过，闲着就让它闲着吧，人们已经习惯它的闲，觉得它无用，闲到不可救药。

当地上有红有绿，摇曳多姿时，许多人的见解，也随之滋生。

桃树，春天时尽管花开得很卖力，也没有完全俘获人的心。月季花在夏日里因没有春天时开得水灵，也成为把柄，遭人诟病。至于菊花，我一直以它为傲，结果也并没有博得路人的好感，只因初冬凋零时的样子很是惨淡。

园子外的声音，多而杂，我有点乱了方寸。

我没有想到一块闲了又丰饶起来的地，如此地让我耳根不得清净。

我曾做过假设，那就是我完全采纳路人的建议，栽苹果、石榴……种玫瑰、栀子花……那地里会是一番什么景象？也许很美，但那是我喜欢的样子吗？

那年夏天，高考成绩下来，替女儿填志愿时，家里一下子是鸡飞狗跳，优异的成绩，意外地变成一枚硬硬的石块，让家里波澜大起。我笃定医生这个行业吃香，于是建议女儿报医科大学。他爸爸认为金融行业前景一片灿烂，一定要读金融。家里的亲戚朋友出于好意，各种建议也扑剌剌出笼。这时平素听话的女儿，成为顽石一块，那就是一定要报师范大学，坚持走教书育人之路。女儿对我们的经验之谈，好心劝诫，充耳不闻，坚持自己的路自己走。那阵子见到她，我牙都痒痒。

曾经的闲地，在一片争议声中，姹紫嫣红，漫步其间，想到年龄不大的女儿，在那年夏天能勇士一样地力排众议，坚持己见，实属不易，对她反倒有些许的佩服。以往的不满，早已如枝头的花瓣，飞落，缭绕鼻翼间的全是馨香。

打理闲地和打理人生，竟有异曲同工之妙，都有人言飞来，这些也许是善意的提醒，也许是真心的关怀，也许是设下的埋伏……你是停滞不前，是改旗易帜，是横眉怒怼？

只有那些坚如磐石的人，才会执着于自己的理想，所向披靡，不畏人言，勇往直前，种出属于自己心仪的花。

二　在春天的花园我手足无措

春天，实在是不安分的。它唤醒花也就罢了，把原本酣睡的

第三辑　人闲花落

杂草愣是活生生地也给吵醒了。

我的园子将不得安生，杂草在里面厚颜无耻地比赛长个子，占地盘，如果我稍有纵容和懈怠，那里就完全成为杂草们的竞技舞台。在邻人的眼里，我将会颜面扫地，认为我糟蹋了地。

柿子捡软的捏，杂草捡懒人欺。

我家东边有一个邻居，头发白得似雪。她在菜地感慨万千地说："只有杂草最好养，不用施肥，不用浇水，不用打药，酣长。"她的话好生动。我不知她读过多少书，我只知道她身边那位满脸沟壑的老人是她的老公，一位退休的中学老师。

园子里的杂草，尤其是雨后，像龙有了风，鱼得了水，张狂得不得了，我捋起袖子和它拼了。有时是我占了上风，把草狠狠地拔出来，放在阳光下鞭尸一样，大晒三天，全都死翘翘。一到三伏天，我就软了，就怂了，头上有毒辣的太阳，地上有飞舞的蚊子，它们都是为杂草保驾护航的。简直是一群恶势力。人有时要服软，不能硬着干。那时望着满园的杂草，我渴望秋风快快吹起，几次秋风吹过，草的脸就黄了。温柔也是杀手。

园子里除杂草让我无奈，园子外的人也会让我手足无措。

西边的窗户下，我几年前就栽种了木香花，书本上叫七里香。这两个名字都好。它在我的花园里给我脸上增了不少光，只用三年时间，它就爬得很高，不仅有高度而且有宽度，花开时远看像白色的瀑布，近看只见一朵朵硬币大小的花朵，精致得像一刀刀刻出来的，争着开，抢着开，把碧绿的叶子统统挤在花朵下，要当主角。枝子从上到下就是花的地盘。一朵朵开得很卖力。七里香，名副其实，那种香不同于栀子花的香，也不同于玫瑰花的香，那种香让人感觉到温暖，是一股暖香。

　　我的邻居不知为何对木香花没有好感，她十分急切地说，赶紧拔了，栽葡萄，又好看又好吃。她说，木香花枝上有小钩子到处抓人。这个理由实在是太牵强了。玫瑰上还有刺呢！喜欢它的人不怕挨扎，也要把它侍弄得摇曳生姿。喜欢花就像喜欢一个人，就是喜欢，喜欢他的眼，喜欢他的眉，喜欢他的一切，没有什么太多的理由。不喜欢就是不喜欢，哪怕花朵开得再大，颜色再鲜艳，因为不喜欢，都是缺陷。我喜欢木香花。

　　听了邻居的话，我一开始还反驳一两句，后来看她眉飞色舞地讲她家以前的那株葡萄。我不再说话，只是笑了笑。

　　春天把我闹得不得闲，我经常猫着腰，在花园里拔草。有一天，一个我不熟悉的人在园子外和我打招呼。她说，为什么只栽桃树啊？其时桃花灼灼，妖娆妩媚，吸引不少人驻足不前。我想起，那个搅乱人心的大美女罗敷，"行者见罗敷，下担捋髭须。少年见罗敷，脱帽著帩头。耕者忘其犁，锄者忘其锄。"想起那些故作镇静的男人，在美人面前掩饰自己失态的样子，很是过瘾。我家的桃花也让不少人真性情流露，在桃花面前失态地大叫、大笑。我为我家的桃花骄傲，它有点闷骚。

　　现在忽然听到有人嫌弃它的声音，我有点不爽。起初，我会把自己的不满告诉我家顾先生。他一脸平静地说："嘴长在别人身上，你任他说呗！耳朵长在你身上，你想听就听，不想听就关起来。"顾先生给人印象是老好人，他不反驳别人的意见，自己心里有主张。这也是一种人生的智慧吧。

　　是的，外面的世界嘈杂的声音太多了，哪里能听得过来。耳朵也要带筛子过滤才行。

　　后来又有不少人,站在园子外指指点点,有人让我栽格桑花,有人让我把现在的小粉色花拔了栽种紫红色的。还有人建议我,把那株大黄杨刨了栽樱桃树。一开始我还辩两句,后来我只是笑了笑,有时连笑的时间也没有,因为我要给花浇水,还要和杂草搏斗。那些话,好像被蹁跹在花丛间的蝴蝶带走了,只留下一朵朵摇曳的花,在春风中舞着闹着,留下看似孤独实质内心丰饶的我。

　　种自己的花,让别人说去吧!不然又怎么办呢?

　　西边种什么,东边种什么,南边种什么,北面种什么,小径两边种什么,在我心中像一盘棋,什么时候该走哪一步,我了如指掌。别人的话我只是听听,如果确实有操作的价值,我会采纳一些。用别人的点子为自己创造价值,何乐而不为呢?

　　后来,各种声音依旧沓来,如花朵缤纷,我依然埋头,种自己心仪的花。顾先生见我不再向他诉苦,说我长大了。

　　我都往五数了,再不长大,也太对不起人了!不过,据说有人一辈子都长不大,但愿不是我。

小街连云

捡来的风景

阳台下方有一小块地，被我打理得很是清爽。一株长满荆棘的野蔷薇，在两块地中间，隔断，我和邻家各有一番天地，看似井水河水两不犯，实质一家开花两家香。

说来话长，起隔断作用的这株蔷薇是我捡来的。当初小区改造，绿化带改为水泥地坪，便于停车，各种花卉被挖得七零八落，我到那里时好花已被人拣走，只好拿别人挑剩的。

起初不知究竟是什么花，因为它压根就不开，叶子也是零星地长几片，辨不出个子丑寅卯。三年后它才缓过劲，春雨后，啪啪抽枝，听得到响声，枝条和叶子与月季花极像，估计是月季。不久咕嘟咕嘟打苞，一簇簇的，挨挨挤挤，在春风里噼里啪啦全开了，花朵酒杯口似的，色泽醉人，白里透着粉。这时才发现它的真面目，不是月季，而是蔷薇，错的也没有离谱，它们同属一科。很少看到野蔷薇朵开这么大的，嗯，就是这么大，理直气壮。以后每年春天不用我催，它报恩似的开，露出金黄的蕊，香气直往人身上扑。

母亲来我家的次数并不多，但她能记住那株野蔷薇，即便在深秋赏菊时也不忘记提它，说春天就数它开得最好看。究竟什么样的花最好看，萝卜白菜各有所爱。

有一天黄昏，我去倒垃圾，在垃圾桶边发现一大束紫花，绢做的，枝干是塑料的，褐色，和真枝条酷似，足以以假乱真，整束花干净齐整，完全没有被抛弃的理由，只能估计是主人看腻了。推想，如果女人沦为花瓶，下场也不美妙。

不过，它一下子成为我怀里的宝，抱着它，迎着夕阳走，有莫名的感动，像受到奖赏似的。花，真是好东西。

家里的确是没有它的安身之处，花们草们都已各就各位，我决定把它安置在楼下的空地上，做篱笆，一根根插进土里。因为花的叶子是油绿的，花朵是紫红的，和真花一样，与周围的景很搭，看起来极为协调。我一下子放下心来，善事再小，也是善，包括为一束花安家。

后来，楼下的这块空地，逐渐丰饶起来，墙上挂着的绿萝是邻家随手丢弃的，奄奄一息，一团黄叶中只有一两片叶子是绿的。我觉得它没有死透，还有一线生的可能，于是就捡回来，把枯死的叶子剪了，重新换土栽在盆中，然后隔三岔五淋些清水。不知不觉间它竟然悄悄长出新叶片，羞羞答答，其实我没有想到它会那么快地缓过劲。希望是很神奇的东西，它潜伏在你肉眼看不到的地方，只要你不放弃，终究会像花蕾一样鼓起。

秋天菊花盛开时，母亲来我家小住两天。午后的秋阳，碎金子一样洒在脚下。这时和母亲坐在楼下，感觉温暖是有颜色的，把心也照亮了。

母亲说这个椅子放得好，可以坐坐歇歇腿。她年岁渐大，对凳子椅子无比地依恋，连外出散步都随手带一个小马扎，随时让衰老的身子有个依靠。

我告诉她，这是我在垃圾堆捡的。那天搬这张椅子时可是费了劲，因为椅子是不锈钢的，壮实得很，不过椅子上的坐垫坏了，这也无妨坐。冬日的午后，晒太阳，有时我会拿一条紫色的宽围巾搭在上面，灿烂的阳光下，椅子花儿一样瞬间绽放，让人无法相信它曾有被抛弃的境遇。

我把丢弃的马桶捡来，半埋在地下，水箱部位当作花盆种上月季，从春天拉开序幕，它就登台表演，一朵一朵不厌其烦地开，粉嘟嘟的，直到落雪的日子，才不甘心地停下来。

楼下的一方地，不知不觉间是妖娆一片，色彩多姿，成为一景，经过我家楼下的人都要多看几眼，有的夸几句，有的尽管什么也没说，但眼里全是赞许。

如果我不说，没人知道这一片风景是捡来的。

人也一样，即便沦落到被抛弃的境地，也不要灰心，有时不是你不好，而是善于发现你优点的人还没出现。

在适合的地方，我们都将是一片风景，姹紫嫣红。

丑　猫

第一次见到这只猫时,我头顶都发凉,感觉这分明是大白天撞到了鬼。这家伙来到这个世界也真是太草率了吧!投胎之前怎么也不掂衍一下?

它浑身毛色胡乱地搭配,像扒翻了黑色和黄色的调料盒,脸全花了,半边黑半边黄。如果你不仔细看,还以为它只长一只眼,是一只眼的怪物。其实那只隐藏在黑色中,闪着幽幽的光。它四条腿,三条是黑的,一条后腿又突然变成白的。肚子两侧颜色也不对称,一侧黑,一侧黄。

都说猫可爱,你说这只猫哪里可爱?我是躲之不及。

躲,哪里能躲过?这家伙竟然选中了一个纳凉的好地方,那就是我家木香花的架子下。

遇到它时,我虽然不再吃惊,但心有不快,觉得它不该挑这个地方午休,什么意思嘛?完全搅乱了我的心。它半眯着眼在小憩,看样子有所防范,估计到一个新地方还是有所顾虑的。我推开花园门时惊动了它。它起先是喵喵地叫着,叫声不同于一般的猫,声音里浸透着哀愁,惹得我心里一阵酸涩。我想,丑陋的外貌,让它在这个以貌取人的人间,占不到一丁点便宜。

我有点怕它,因为它样子真的太凶。我大着胆子进了园子,它却吓得几乎是呜咽着跑了出去,好似我欺负它一般,其实我何曾对它有一句重言,真是冤枉我也。

不久之后,我发现它常常出现在园子里,有几次是来午睡的,在花架子的背阴处,睡姿不甚雅观,四腿拉叉,简直和鲁迅作品中那个爱睡"大"字的长妈妈有得一比。

它醒了,我有愧意,觉得打扰它午睡好像是不人道的,可是我总不至于丢下饭碗就爬上床午休吧?我总得到楼下转转,消消食吧!唉,这个世界就是这样,不是你打扰了我,就是我打扰了你,没有人打扰就有被遗忘的风险。

它见到我立马换了个姿势,头伸着趴在那里,文静了许多,好似为自己刚才不雅的睡姿而遮掩。这回它看到我淡定了许多,只是表现出很不情愿离开的样子,也叫,但声音不似先前那般凄惨,而是有点嗲气。

后来,它成为我家花园里的常客,有时会趴在小径的中间,蜷在一起,毛球一般,见到我慢悠悠地起身,步子懒散,很想在我膝下撒娇,可是究竟胆子没有大起来,磨磨蹭蹭哼哼唧唧后,还是走出了园子。我也是如释重负,担心它靠近我时突然发起攻击。

接触时间长了,我发现它就是一只猫,一只自卑的丑猫,一只没有一点儿攻击性的流浪猫。由于丑,它胆子比一般猫小得多。

丑陋的外貌让它在人间遭尽了白眼，把猫的那股傲慢劲都磨掉了。我亲眼见过，有人大声呵斥它，其实它并没有干什么坏事，如偷偷对小鸡下毒手之类。它只是在小区里走路，而且紧贴在小路的里侧，步子很轻，害怕把蚂蚁踩死似的。这时，我才觉得一个人如果能透过丑陋的外貌，去努力地探寻人内在的优秀品质，将是一股多么可贵的清流。

一天早晨，我发现这个老大人竟睡在我家桃树下。桃树下有风干的杂草，柔软而清香。它美美地睡在上面，脸朝上，两只爪子抱在胸前，两条后腿极为不雅地敞着，完全暴露了自己的性别。看样子困得不轻。也许，夜里它和某个公猫来了一场决斗，而引起纷争的那只母猫没心没肺地躲在一边，当作看客。想想猫的世界也很迷人。

那天，我小心翼翼地在它旁边拔草，唯恐惊醒正睡得香甜的它。我告诫自己，打扰猫睡觉也是不礼貌的。我拔了好一会儿，它才醒，头翘起来看了一眼，见是我，又放心地倒下，大睡特睡，完全是家人般的信任。那一刻，我心温柔；那一刻，我也心生内疚，我从来没有送一口吃的给它，而它却能感受到，我释放的少得可怜的善意。

小街连云

倒下的菊花

我家园子里，有不少菊花，颜色也多，不过最亮的是黄色，金黄金黄的，发出金属一般的光芒，把太阳都比了下去。它简直是秋天的眼睛，温暖而明亮。

要感谢菊花，它给秋季长了精神。

几场风后，本来站得很有范儿的菊花，姿态全变了，东倒西歪，尽管也美，但看起来还是有点怪异。最先倒下的是粉色菊花，一簇簇的花朵，挤在一起，没有一朵被挤得变了形，好像都拿捏好力气似的，让我惊诧，花们是有灵的。像抱团取暖的人，尽管也挤在一起，但不会因此而有不测。并不是所有的挤都要排斥。

我感动花们紧紧相拥的姿态，决心把它从地上扶起，然后找细细的线牵到另一棵月季花上，让它站着开，在秋风里。结果好心办了坏事，由于枝干脆，断了。尽管它当时没有枯萎，不久后的日子，变了颜色的菊花，还是让我自责。有时倒了不需要扶，而是顺从它的本意，它也会活得有滋有味。有一种爱叫顺从。这是倒下的菊花告诉我的。

后来秋风渐紧,园子里倒下的菊花也多了起来。

路过人的说,该把它扶起。我没有辩解,扶花的经历已经给我上了一课,我不需要再做什么努力,也许当一名看客比较适宜。像对待成长中的孩子,并不是所有的跌倒,都要家长伸手上前扶一把。

菊花倒了,倒下的姿态比较统一,大多往一边倒,那该是一场很凌厉的风。

不久,菊花陆续开了,园子里亮堂堂的。千万不要以为,只有灯能照亮周围,花也能。花开的地方,周围也是亮的,那种亮不同于灯,还飘着香,香到心里。

菊花开了,即便凉风刮痛了脸皮,也阻挡不住我的脚步。在菊花旁走走,没有目的,就是闲看。不抱目的地看花,才能看出滋味,才有赏玩的意味。像和一个貌似平淡的人闲聊,一不小心聊出他有趣的人生,聊出他绵延的过往。有时,香是藏在深处的,像菊,把味道紧紧地锁在心里,如果你不靠近它嗅,断然是闻不到的。真正有境界的人,无形中把自己藏得深,像静水深处的暗流。

尽管有无数个不扶的理由,但面对一丛丛倒在脚边的菊花,我的心绪还是难以平静。

这个秋天,其实我也和菊花较了一把劲,自从那次扶过以后,我决定对倒下的菊花,撒手不管,它想怎么开就怎么开,像对一个孩子说,这个秋天交给你了,爱咋咋的。

倒下的菊花按时开放,丝毫没有因为倒下,而有别于站着的花。

有的看似单一，低着头，露出一朵花的背部，其实它还是原来的样子，层层叠叠的多瓣状，饱满而富有弹性，只是由于姿势不同，它注定不能和蓝天对视，只能谦虚地俯下身子，整日向大地行注目礼。

有的横躺在地上，花朵却努力地调整姿势，向上开，像端着的碗，花瓣上沾有粒粒泥点，风雨来临的时刻，定然受了摧残，身上留有被侵的痕迹。受虐的过程，不一定要亲眼所见，落下的痕迹，就是无声的语言，在必要的时刻，它会开口诉说。

有的花被挤在中间，身子上有花压着，身子下压着别的花，花开的日子不仅不见天日，与大地也无缘。我看到夹在中间的花，丝毫没有因为糟糕的境遇而开得有所保留，花朵最大限度地张开，露出金黄的蕊。是的，不管有没有人赏识自己，都要努力地绽放。

……

无论是花还是人，倒下都不是常规的姿态，但这是无法避免的存在，只要你选择站起，就有可能倒下。

已经倒下，坦然接受，如果自己能站起，固然很好。如果失去站立的必要，就学学倒下的菊花吧！站着开，倒下也开。顺境时活，逆境时也活，顺势而为，随遇而安，任花开花落。有时看似倒下，其实并没有，像菊花，倒下的是身子，没有倒下的是潜在身心处的魂魄。

有时，人活着不是为了打动别人，而是为了感动自己。像倒下的菊花，不念过往，盛开在眼前。

第三辑　人闲花落

像鸟一样偷窥

楼下的园子自从栽了树，也就招来了鸟，树越大招来的鸟也越多。

每天早晨，天刚亮，窗外就传来叽叽喳喳嘈嘈切切的声音，一只鸟就是一台戏，何况是群鸟？有时我拉开窗帘透过玻璃，偷窥，好家伙，有的不仅唱还带动作带飞眼呢，就差翘兰花指了。头朝左歪一下，打个飞眼，呱唧呱唧唱几声，头朝右歪一下，打个飞眼，呱唧呱唧唱几声，投入得一塌糊涂。除此之外，还有不少耍酷的，有街舞的难度，在树上从低到高，从高到低，起起落落，又跳又唱，上了发条似的。对我来说，窗外的鸟儿们，和跳广场舞的大妈有的一比，管？随它们闹去，好在，我也喜欢这些鸟。

每天等天大亮特亮，再也没有理由赖床了，我就到楼下的园子里散闷散闷。推开院门的瞬间，展翅声接连响起，一个个黑影，从眼前闪过，鸟们是在给我腾场子。少有几只胆大的，站在枝头朝我左瞧右望，一副"看你能把我奈何"的样子，在试探我？我们之间还用试？瓷实得很。我莞尔一笑，觉得好玩。

有一回，我脚刚踏进园子，只见树摇花动，鸟们又都飞走了。一个人的时候，无拘无束，还装什么淑女小姐，一边去，我四腿拉叉朝椅子上一躺，爽！张爱玲说，大凡正经女人都痛恨荡妇，可是倘若有机会做荡妇，无不争先恐后。人性的弱点，万万考验不得，十回考验九回输。右侧一棵树的枝丫里好像有一团小黑影直愣愣地盯着我，定睛一看，原来是一只鸟在偷窥。哎呀，我的丑态尽落鸟眼。因为被我发现，它尴尬地唧的一声，飞走了，估计脸也该羞红了，因为偷窥毕竟是不好的行为。

曾经有一两次我起床较早，提前到楼下的园子里，没想到捅娄子了。鸟们停止操练，齐刷刷地起飞，落到园外的一棵树上，叽里呱啦毫无章法地乱叫一气，声音急促，像怪罪我不该来得太早。

后来，我和鸟之间有了默契，那就是等它们一大早疯够了，我再进园子，否则它们的叫声，简直是糟蹋了我的耳朵。

寒冷渐去，园子里的花依次开放，像是给即将到来的春天热身。鸟儿们也赶来凑热闹，是的，鸟语总想和花香缠绵。

疫情的缘故，我躲在家不敢露头，偶尔有几声鸟叫随着春光漏进屋里，成耳朵的盛宴。但我有伤感，往日鸟的叫声可是密密麻麻，如雨点打在花叶上，闻得到香气。难不成园子里的寂静，让鸟儿疑云顿生：人该不是下套了吧？

那天，阳光格外好，亮得直晃眼，我还是缩在家作乌龟状，有鸟吱啦一声落在我家的防盗网上，歪着头向房里看，其实是偷窥。这个时节，大白天如果听到敲门声，都吓得学鬼叫，一下子见到小鸟停在窗外，真是万般滋味涌心头。

它发现了我，怪叫一声，瞬间不见了影子。

疫情的阴霾并未散尽，春天就没心没肺，以不可商量的余地降临人间，手一指，那个地方红了，手一指，那个地方绿了，红红绿绿披挂上阵，一场大戏在人间开演。

鸟儿们也在花香中，起哄似的叫，而我的心却是酸酸涩涩。没有人参与的世界，鸟儿们究竟是狂欢还是悲戚，我不想知道。我想让鸟儿知道的是，和它比起来，我这个人并没有优越感，和它一样喜欢从偷窥中找乐子。

小街连云

与一个瓜相遇

　　这几棵瓜长得很拼,像身后有追兵,不要命似的飞奔,往一个方向。尤其是雨后,势头更猛,瓜藤长得比大拇指还粗,瓜叶团团如盖,和荷叶有得一比。往瓜地一站,让人想起"鱼戏莲叶间"这句诗。
　　在地上摆谱还嫌不过瘾,不久它们爬上了桃树,擎着朵朵耀眼的黄花,喇叭状,风中隐约传来呜啦呜啦的吹奏声。瓜梢龙头一样的探出身子,吐出的瓜须,宛若丝线,悬在半空,学姜太公钓鱼?
　　如此高调,应该躲不过物管的"法眼"。
　　当初认领这块地是签了协议的,只能种花种草,不能种瓜种豆。我是明知故犯,在园子里偷偷栽了几棵方瓜。起先小模小样,安分守己,我倒也心安,觉得不会捅娄子。谁承想初夏来了,在一阵阵热风的鼓荡下,这几棵瓜膨胀了。不只是女大十八变,一棵瓜也会多变。

这不，真的把物管"钓"来了。

一天，天气不错，本该是瓜叶、瓜花精神抖擞的时候，结果全都蔫蔫的，细看才知根部早已是乱作一团，不用说，这是物管的作为，一通乱拽，高调的瓜们迎来一记闷棍。

如此残局，实属意料之中，我也无奈。

几天过后，瓜地还是一片狼藉，蹊跷的是紧贴篱笆边有瓜，鲜枝活叶，这场灾难中也有幸存者？我还是失去了探究的兴致。瓜长错了地方，就沦为草的命运，该拔。像人择错了方向，越努力错得越离谱。

一天，打扫卫生的阿姨惊喜异常，悄悄对我说，这棵是活的，赶紧套，给它结瓜。

所谓的套瓜花其实是给花人工授粉，否则瓜长着长着就萎缩了。植物世界也讲究男欢女爱的。当然，蝴蝶、蜜蜂等昆虫也可以充当媒介，但还是人工授粉来的巴适。

我决定不再操心，是死是活已由不得我，假如哪一天结出纺锤似的瓜，再遭遇强拽，那不仅是辣眼睛，还是戳心窝。

阿姨说，假如他们不检查呢？

生活之所以美，在于处处寄予着希望。哪怕面对一棵劫后余生的瓜。

一场混战后，瓜不动声色地潜伏在篱笆下，按部就班，铺藤散叶，像不幸从未发生。我偶尔看它几眼，活还是不活，结还是不结，随它心意。面对一棵死里逃生的瓜，活着已是幸事，再抱以希望，就是残忍了。

今年夏天不同以往，雨水多。雨想下就下，想停就停，任性得很，天气预报只好跟着玩变脸戏法，一会儿报落雨，一会儿报艳阳，一会儿报阴晴不定，忙得是脚打后脑勺。园子里的作物却长得欢，幸存下的瓜也是偷着乐。

一天，我在园外转悠，试着从外往里看，吃惊地发现如果不刻意，根本发现不了还有瓜的存在。在喧闹的园子里，一棵瓜意外地寻到一处"桃花源"。

扫地的阿姨，尽管年龄不小了，好奇心也重得像个孩子。有一天清晨，她激动地向我比画，说结一个大瓜！大瓜？我有点蒙，哪来的大瓜？我可没有帮它拉郎配哦！难不成它自由恋爱了。在她细心的指引下，在层层叠叠的绿叶间，我果然发现一个瓜，胳膊粗，纺锤形，一尺多长，静静地卧着。如果不仔细看，根本发现不了。

在无望中与一个长成的瓜相遇，心情瞬间复杂得像晒干的丝瓜瓤，千头万绪不知从何理起。

在成为瓜的路上，它究竟经历了怎样的艰辛？默默地深埋在绿叶间，偶尔享受着铜钱大小的阳光？极力绽放着美丽的花朵，诱惑蝴蝶、蜜蜂爱上自己，然后悄悄地谈一场恋爱？裸露在一场场风雨中，与风撕扯，和雨打嘴架……

面对一个已经长大的瓜，谁有兴趣打探它在长成的过程中经历了什么。人们只想分享它的味道，然后说三道四，包括我。

第三辑　人闲花落

笑破肚皮的浆果

　　这群浆果出现在眼前，有点唐突。我几乎想不起来，自己什么时候栽种过它，活活像摆出的道具，可它们是实实在在的果实啊，一个个都灌满了浆，一嘟噜，一嘟噜，红得发紫，紫中泛着微微的光泽。粒，黄豆大小，一簇簇，挨挨挤挤地在一起，悬挂在篱笆上，小铃铛似的，起风时，该不会清唱一曲吧！
　　它们青时是什么样，红时是什么样，我完全不知，总之它们不可能一下子，就直不隆咚紫成这样的。地上也有零零散散的浆果，那些熟透的，撑不住了，就掉到地上，果熟自然落。掉在软一点的地方，完好无损，还是圆滚滚的身子，掉在硬一点的地方，它索性咧开嘴笑了，笑出紫色的汁水来，让人想起甜甜的葡萄汁。让人想举透明的杯子啜一小口，闭上眼，陶醉一小会儿。当我往下扯那已经干瘪的枯藤时，藤上的浆果，发起了暴动，哗啦啦的，雨点般的往下跳，跳在我帽子上，噼噼啪啪，像欢叫，像惊诧，在我手指触碰的瞬间，有的扑哧一下，笑破了肚皮。

入冬前,我都要对园子进行一番清理,该修的修,该剪的剪,该扯的扯,甚至该刨的要刨。

这些挂满浆果的藤,完成了季节赋予的使命,也该给扯了,除去还园子一片清爽,还要给来年春天的植被腾出地方,也算是清场。去老干,唤新枝催发。

哦,对了,这些浆果可是猫耳菜的果实。

今夏,我是第一次栽猫耳菜。在夏日暖风的微熏下,它们从一棵棵不起眼的小菜苗,袅娜起来。绿色的藤,青烟似的往竹篱笆上缭绕,每往高处去一步,都要在篱笆上箍一圈,一圈又一圈,箍得严实,箍得均匀,在小心翼翼中,爬到了高处。如果说菜界也有仙子,我想猫耳菜定是身姿妖娆、双手纤细嫩白的一位美娇娘,否则,谁能箍出那么匀称的一圈圈,似优雅的舞步。猫耳菜的叶子是名副其实的,猫耳朵的模样,嫩生生的,像在谛听花园里的秘密。

在爬藤类的蔬菜中,猫耳菜算是风情万种,有情调的菜,它不仅会迈着舞步前行,到了高处,也很俏皮,那就是悬垂下来。悬垂下来的青藤像绿色的丝带,细看,这可是被精心打扮过的丝带。青藤上,每隔小段就有一小簇细细小小的花,无论是开放的还是未开放的,都紧紧地抱在一起,亲热得不行。起风了,悬垂的青藤调皮地荡起了秋千,热闹得简直让人能听到窃窃的笑声。

猫耳菜,素炒,和蒜蓉搭配,好滋味一下子就被唤了出来,停不下筷子;猫耳菜,烧汤,打鸡蛋花下锅,汤汁碧如翡翠,喝一口,前胸后背都被染绿了。良马与良鞍,才相得益彰,好的菜蔬,也需要良伴唤醒它的灵气。

夏天，各种菜蔬上市，猫耳菜在我家上餐桌的机会并不多。还有一个原因，它长在园子的拐角，月季花挡了道，月季花的枝条浑身上下都长满了刺，我哪里敢惹。于是我索性远远地看着猫耳菜妩媚着，优雅着，今天抽出碧绿的藤条，明日长出水灵灵的叶子。当许多花争着开，当许多叶争着绿时，我几乎忘记了猫耳菜的存在。是的，有什么好记的呢？它就是一种菜，一种开不出明艳花朵的菜。

在园子里，我的目光大多是留给花的，它们有的开得矜持，有的开得泼辣，有的开得是没心没肺，这总让我能想到生活中的某个女人。有人说，花园里有多少种花，世上就有多少种女人。女人如花，真好！

今秋，是一个个紫色的小浆果，让我想起猫耳菜的。

当我在各色花中流连时，猫耳菜并没有闲着，而是在一个僻静的角落里，默默地酝酿着一个个紫色的心事。这些，需要我知道吗？显然不必。园子里，每一种植物，都在按自己的节奏生活，该发芽时，争先恐后；该开花时，争奇斗艳；该挂果时，废寝忘食；甚至该落幕时，也从容自如。猫耳菜，也是这样一步步过来的。努力，也不必吵得满园皆知。

万物枯落时，我发现了它。其实无论我发现与不发现，它都按自己的计划，在入冬前，酿属于自己的琼浆，来一场与别人无关的宿醉。

小街连云

花园里的麦子

自从在花园里发现这棵麦子，对它我就牵肠挂肚起来。

天还没亮透，躺在床上我就想有关麦子的事。今天麦穗该完全挣脱出来了吧？昨天已经挣脱出一大半，另一小半还被绿叶包着。我想，当挣脱而出的麦穗，看到自己戏剧性地站在花园，而不是麦田时，会怎么想？会惊问自己的同类哪去了？会庆幸自己离群索居的美梦终于实现？一切都不得而知。

正月里，当我确定这株绿油油的家伙不是草而是麦苗时，我是很诧异的，它是怎么来的？总之不是去年地里留下的。去年甚至更远的年头，地里从没有过麦子的身影。鸟衔来的吗？该是被它吞进肚子里，没来得及消化，又当作粪便排出来了。也许它有更为离奇的经历，谁知道呢！

它长势一直良好，尤其是正月过后，比周围的杂草胖出一大圈，蹿出一大截。由此让自己鹤立鸡群，与众不同。也用事实说明，无论在什么地方，一棵庄稼都不会动摇自己的本色，那就是力争果实累累。

黄昏时，我在园子里看到月季花们，齐刷刷地举着毛笔头似的花苞，心里一阵窃喜，再过几天，我的园子就是群花亮相，美不胜收了。接着，我也目光温柔地看着麦子，虽然它不是花，但我也会给它花一般的礼遇。

邻家有一小男孩正在园子外玩耍，我喊他，故意大声说，我家园子里有一棵麦子呢！是显摆一下。他听说后，果然飞也似的跑了进来。经过我指点，他才看到那棵麦子。他眉毛激动得差点飞了起来，哇地大叫，说真的是麦子哦！然后他小心地请求我："阿姨，我想摸摸它。"此刻，这棵麦子，在一个孩子的眼里，更像一只可爱的小猫或小狗。

我答应得非常爽快。我怎么可能拒绝一个孩子的善意？他伸出又白又嫩的小手，轻轻地摸了摸还没有完全抽出的麦穗。孩子摸麦穗时两眼发亮，脸上写满虔诚，想必对粮食的敬重，已经植根于心。见此，我心里暖暖的。

据说不同的植物喜欢不同的音乐，也就是说植物对声音也是有感知的。我想，园子里的这棵麦子，听到一个孩子发出的惊喜声，会心起波澜，被欢迎的滋味应该是甜的，尤其当他伸出嫩嫩的小手抚摸自己时，更应该能感受到来自一个孩子的善意。

我空前地关注起麦子的成长过程，什么时候扬花，什么时候灌浆，什么时候开镰……我一一查询相关日期。翻开日历牌，在小满那天，我画上一个大大的记号。小满三天遍地黄。小满那天，园子里自然不会是遍地黄，但我会由一棵麦子，联想到五月乡村涌麦浪的景象，想到白居易《观刈麦》的诗"夜来南风起，小麦覆陇黄",想到麦收时节田野里暖烘烘的麦香……在我查询麦子的成长过程时,我发现麦子的一生也是烦琐的一生。

一棵长在花园里的麦子,也是麦子,它也要按节气,完成自己在大地上的一段旅程,一步不能多,一步也不能少。生命就是一个按部就班的过程。

晨起,在园子里,看到完全挣脱出来的麦穗,亭亭玉立,在微风中,我不由得朝它呵呵地笑了起来,它能听见我的笑声?我不知道,但我是真的开心,也想笑给它听。当你在一群花中,看到一棵麦子,旁若无人地抽出三两穗麦穗时,你也会想笑,把脸上笑出皱纹的那种笑,发出朗朗声音的那种笑。

一棵麦子的一生,和一群麦子的一生,有什么不同?我知道自己并不会以它果腹,但它的的确确丰饶了我平淡的日子。天气渐暖,目视它一步一步走向成熟,我心里满是喜悦,有时经过它身旁,不由得哼起了歌。也就在那时我才恍悟,当你唱歌给别人听时,其实听得最清楚的是自己。娱人娱己是紧紧连在一起的。

对这棵出现在园子里的麦子,我不知它会想些什么,但我一直会善待它,直至有一天它成熟倒下。也许没等它倒下,已经被鸟儿盯上,吃进肚子。也就是说,它走向成熟的路上,有我掌控不了的变数。

生活有时就是这样,不按常规出牌,但我们要按常规约束自己,对一切值得的人或物,持有善良,包括对一棵麦子。

第三辑　人闲花落

溜进园子里的风

　　觉,真是香。夜里,我连梦都没来得及做,天就撕开一个大口子,亮了。窗外,小鸟在枝头吵吵嚷嚷,像围观看热闹。这和平时有不同,平时的叫声有卖弄,故意拉长了调,听得我都胸闷。出什么事了?

　　起床,到园子里一看,我也想大叫。夜里,风来过,作了妖。

　　排在墙角的塑料小花盆,被吹得是东一个西一个,文竹因为身子轻,吃了亏,被风倒扣在地上,纤细的身子压在盆下。我连忙把盆翻了过来,文竹刷地弹起,呼出一口气,又摆出优雅的站姿,刚才的尴尬,瞬间化解。我也是虚惊一场,还好还好,它没有断腿,也没有掉胳膊。

　　院子里摆一张桌子,平时铺台布,既美观也防日晒雨淋,布被风扯到一边,嫌闹得不够,还揉成一团,桌子露出实木的本色。一张原本用来喝茶的桌子,现在被风抹得是灰头土脸,令人哭笑不得。

月季花一向谨慎，老是紧紧地攥住花苞，开得小心翼翼，怕把自己弄疼似的。就是凋零也扭捏，一瓣、两瓣，轻轻地掉，少少地掉。风溜进了园子，可不管这些，只顾自己乐，把月季花瓣没头没脑地揪下，撒得到处都是，园子里像下了一场花瓣雨。我好像听到月季花的愤怒声，但我确确实实听到，自己内心深处有欢呼声滚动。下了花瓣雨的园子，浪漫得很，完全是梦中的样子，我矫情地把步子放慢，舍不得走，担心美好的时光被我的小脚，一下子丈量到尽头。

来到桃树下，我低头一看，哎呀，不得了，风这个捣蛋鬼，把青涩的桃子也摇了下来。它们毛茸茸的，手指头大小，还没尝到成熟的滋味，就被风终止了成长的脚步。地上，落不少青涩的桃子，有的没头没脸都是泥，脏兮兮的，我依稀听到告别声、安慰声，那是树上的桃子俯身对落地的桃子说的，不要难过，明年从头再来。呦呦，不要以为只有人间有情义，桃子的世界里也有真感情。溜进园子里的风，一不小心，成了友谊的见证者。

风溜进园子，木香花还不知高兴成啥样，连眉毛都在抖动？昨夜月色如水，想必披着月华的木香花，舞了不止一曲，可惜我没看到。春天，木香花开得比较强势，一簇簇，浪潮似的，完全不顾叶子的感受，为出风头，不惜把叶子齐刷刷地挤到花朵下，一朵朵白花浮在叶子上，积雪一样。木香花，花瓣层层叠叠，玲珑精致，每一朵都像精心修剪过。大白天，园子里不见风的影子，木香花自己都能把自己逗乐，花瓣轻盈地落到地上。昨夜的木香花，把自己都笑瘦了，地上掉厚厚的一层。我终于能看到它的叶子，碧绿碧绿的，直晃我的眼。

风溜进了园子,在小草身上没有落下痕迹。小草躲在园子的犄角,假装没看到我,又耍小伎俩。今天,我心情不算太坏,决定明天找它算账,让它出局,园子不是它待的地方。平时,说也说了,赶也赶了,可每次它都耍滑头,逮着一丝机会就开始铺排开来,不把自己当外人,绿成一大片。要是风把它吹倒,我是绝对不扶的。可恼的是,这家伙也不要扶,自己就爬了起来。再说,昨夜的这场风,对它来说,就像挠痒痒。

……

在我看来,溜进园子的风,也不全是干坏事。走到月季花前,看它哭丧着脸,我也假装难过的样子。但愿我虚伪的嘴脸,不被它识破,否则,我以后怎么在园子里,人五人六地混。

天亮时,我想,风见自己闯了祸,一定吓得捂住了嘴巴,偷偷地翻越篱笆,跑了。头天晚上,我把园子的门锁了起来,无意间捉弄了它一把。

小街连云

家有小院

在朋友圈，经常看到这样的帖子：此生想拥有一个开满鲜花的小院，每天闻闻花香，吹吹清风，然后发发呆，让沾有花香的时光，从指缝间丝绸般滑走。用《武林外传》中佟掌柜的汉中方言说，真是想的——美！

民歌里有唱，"……如果没有天上的雨水呀，海棠花儿不会自己开……"作为拥有小院的人，我想唱，"如果没有'斗'的精神呀，小院里的花儿也不会自己开……"

家有小院，得先和小草斗。

初春时，"草色遥看近却无"，对草有敬意，因它用弱小的身子告诉人间一个大秘密，严冬走远啦！几场春风过后，你对小草的态度是一百八十度大转弯。它长在别人家的院子里，另当别论，关键是它在你的地盘里，不拿自己当外人，很快喧宾夺主，绿成一大片，你辛苦栽下的花成为它祸害的对象，对它你还能有好脸色？天越暖战事越紧，它搞围攻搞偷袭，手段辛辣，步步紧逼，

第三辑　人闲花落

把花往死里整，这时你必须爱憎分明，必须立场坚定，必须撸起袖子和它拼了。

在和杂草交手时，我是着实领教了它的威力。大夏天，人差点中了暑，狗热得伸长了舌头，你看那草，精神着呢！干旱时，它奄奄一息，作要死的样子，后来我发现那是它耍的计谋：保存体力，准备反攻。暴风雨来袭，它将计就计，索性躺倒，任你稀里哗啦刮个够，任你噼噼啪啪下个够。雨过天晴，它一个鲤鱼打挺，又活了过来，日子滋润的能听到咂嘴声。当我因为拔草累得腰也疼，腿也疼，劲还没缓过来时，它又神出鬼没地长出一大片。

这边和草斗个没完没了，那边太阳又出来添乱。夏天的大日头，晒到身上，火辣辣的，偏偏杂草长得最欢，那一刻不要说拔草，就是到院子里走一遭，浑身都像水浇似的。何况不是模特，也不能白白地走一遭，总得拔几棵草吧！拔一棵少一棵。

打理院子不仅是拔草，你总得给花浇水吧，总得施肥吧！这些还不算，你总得给花剪枝吧！给带刺的花儿剪枝，稍不注意，会挂彩的。

以月季花为例，平时要小剪，每年的正月要大剪。尽管是十二分的小心，还是防不胜防，不是手指戳了刺，就是手背被划出道道血口子，猫抓狗挠似的。有人说，戴手套啊！如果你真的有院子，你不可能在院子里时时戴手套，你总有兴起时，摸起剪子，把某根不顺眼的花枝咔嚓掉，而那一刻，它也不是好惹的，朝你手上扎几根刺，算是回敬。一枝中途被你淘汰出局的花，会让你明白，当你对别人动刀子时，别人对你也不手软。有时，你就是戴手套又如何，照样咬透。人，常在水边，湿脚；常在花丛，扎手。

春风如贵客，一到便繁华。

花开时的院子，美得不像人间，把人的心也搅得乱乱的，连平素自称佛系的人，那一刻愿望也膨胀得像蘑菇云，不淡定了。

拥有一个院子，花是不可能自觉自愿地开，你得用尽办法，呵护它，哄着它。不然，它也会耍小性子，开得小，开得少，甚至罢工，干脆两手一摊，不开了。

草，横得很，不可能对你手下留情，春天还有所收敛，到了夏季简直是无法无天。蹬鼻子上脸，攻势凌厉，不断扩张领地，耀武扬威，你越是退缩，它越是嚣张，长得是乱七八糟，长得是张牙舞爪，一次次突破你的底线。你和草之间，不可避免地要发动一场场战争，如果你不迎战，你的花就会被群草包围，有的固执地死去，有的就是活着开出的花，也很敷衍，完全不在状态。这样的局面，总之不是一个爱花人，乐意看到的。

拥有一个院子，是好事，也是美事。你也要有所准备，从拥有的那一刻，你将是一头被赶上磨道的驴，被四季攥着向前，一年到头不得闲，连秋天的落叶都纷纷地找你茬。如果不抓紧清理，院里乱象丛生，和你本人得体的装束对照，会让人唏嘘、感慨，瞧，自己打扮得人模狗样，把家里小院糟蹋那个鬼样。内外兼修，是一门学问。

有一天，别人看到你，坐在开满鲜花的院子里，幸福地发呆，而他有所不知。那一刻，你有可能是在盘算：我一双玉手，十根葱指，戳刺多根，该找谁或用什么方法，尽快把它挑出。

第三辑　人闲花落

　　不过，一切收拾停当，坐在开满鲜花的小院，吸一口饱满的香气，心里美的呦，恨不得自己立马也变成一朵花，那样就可以名正言顺地，和花心的蝴蝶谈一场场说散就散的恋爱啦！

小街连云

花盆里的蒜苗

几个形状各异的小花盆，空空如也，一字排开，在窗户的防盗网上，只有我知道有关它们的故事，里面曾经栽种月光女神、玉蝶、白牡丹等多肉植物。花盆本是温柔乡，结果成为了"英雄冢"，一个个多肉给我呈现的状态是"死给你看"。

我是颇为无奈地让精致的迷你花盆成为闲置品，偶尔想起附庸风雅的日子，跟风，栽种一个个多肉植物。无论是倒下的月光女神，还是枯萎的白牡丹，都让我没有丝毫的悲伤，讲给友人听时脸上反而是眉飞色舞。没有真爱是一件多么可怕的事，连死都成了别人唇边的笑话。

深秋一日近似一日，草木不甘秋风的肆虐，半绿半黄，算是挣扎，无奈这是季节更替，铁一般的定律，奈何不得，犹如人不甘被岁月涂抹成两鬓斑白的样子，但岁月究竟饶过了谁？在自然规律面前，也许顺应的姿态是最美的。

我决定把大蒜栽在花盆里，让枯黄的季节有一抹葱绿，吃是退而求其次,当然也是有私心的,如果有一天烧鱼缺那么点调料,也能掐几片叶子让盘子里生动起来。

我想大蒜总该是好养的,所以栽下之后,惯常的做法自然是浇水。大蒜在花盆里鼓胀准备破土而出时的样子,很喜人,毕竟要顶破头上的一层土才能见到天光。破土也是有先有后,先是羞涩地露出一点嫩绿的芽,然后是小心翼翼地往上长,因为地盘小,看样子也没有所向披靡的底气,个子当然有高有矮,其实无论先后,努力往上的样子都是美的。

闲置的花盆里陆陆续续有了绿色,深秋里的生机,再小也是生命的力量。起初蒜苗亭亭净植,过一段日子再看就显得单薄瘦弱,本该油绿的叶子,隐隐透出枯黄,那可不是一直浇水能解决的,蒜苗呼唤营养。

施肥?在巴掌、拳头大的花盆里施肥?施花肥?施农家肥?觉得都不可行,就一直没有行动。花盆里的蒜苗,慢慢地像难民一样,失去了精神。

这一刻我觉得自己不人道了,花盆哪里是大蒜待的地方?像把一个破锣嗓子塞到剧团,分明是要出他的洋相,羞辱他。不知不觉已人到中年,我这一生从没有当过芝麻绿豆大的官,类似闲散人员,所以也没有尝过掌权的滋味。使用生活中的权限,还想当然地乱弄一气,这时对那些负责人事调配的官员是佩服不已,让才略不等的人各就各位发挥能效,服务社会,也是一种能耐。

以前,目睹多肉的萎靡有点理所当然,因为自认为尽力了,浇水、施肥、晒太阳,十八般武艺轮番上阵,它还是执意要走不归路,我也奈何不得。现在面对逐渐衰弱的蒜苗,我依稀听到它的残喘声，不由得动了恻隐之心，觉得自己对这个卑微的生命不够尊重，简直是亵玩。于人于物，放错地方，就是伤害。

生命卑微，卑微的生命也不可亵玩啊！

当我把花盆拿到楼下的花园，准备把蒜苗请出栽到地里时，我有震撼。大蒜的根部已经编织成鸟窝状，丝丝入扣；根须，蚕丝一样纤细，雪花一样洁白，几乎挤满整个花盆的底座。有人说，生活像鸭子，人们只看到它优雅地浮在水面，却不知它两脚在水底拼命地划水。我哪里想到，一棵棵其貌不扬的蒜苗，也竭力地在肉眼看不到的地方，玩命地编织纯洁的梦。

眼前依昔出现南方的榕树，高大巍峨，亭亭如盖，直插云霄，底部盘根错节，每一个根须都一刻不闲，向不同方向，寻找适合自己的位置……

伟岸的生命，与体型无关。

第三辑　人闲花落

乒乓菊与玫瑰花

餐桌上摆的这束花，起初我不认识它。朋友来访，对它又是摇头又是摆手，我也不吃惊。花的世界，和人的世界一样，也属"芸芸众生"，哪能都识得？

我把它安置在敞口的玻璃瓶里，它一下子欢乐起来，枝叶哗地四散开，姿态雅致，亭亭玉立。笔直的茎上，均匀地长有不对称的叶片，绿意盈盈。茎的顶端举着花朵，向天开放，密密层层，高低错落，没有邀功请赏的意味，俏皮劲十足。花朵是浅浅的紫罗兰色，花瓣层层叠叠，每瓣都有圆润的弧度，紧密而有序地排成鱼鳞状。花朵绒球一般，有弹性。餐厅因为它有特别的味道。

初见它时，我眼前一亮，觉得好玩。卖花的是一男孩，有别于一般花店，一般花店都是女孩。他不说话，就是任你看，你问，他就答，介绍花的原产地，花期的长短，花语是什么……那口气不像是卖花，像介绍自己的蜜友，非常真挚。这也许是卖货的最高境界，对每一样即将售出的物件都充满情谊。知道此次一别，即是天涯海角,即是后会无期。如果人与人之间分手,也像和花告别一样深情,该会足够地把对方放在心里。

乒乓菊,原产日本,花期长,代表爱情圆满长久。他不疾不徐缓缓道来,语调柔和,和花店的氛围契合极了。我恍然,花店应该是有声音的!花店的声音是什么样子的?应该是温的,应该是香的,应该和花相配,至少要远离"高声语",至少要"恐惊买花人"。

我没有买花的打算的,只是顺脚折身到花店闲看,有蹭的意味,蹭花容,蹭花香,也算是生活中小小的情趣。后来改了主意。因为这束我刚刚认识的花,因为这卖花的男孩。他真的不像是在卖花,像是给他的朋友——花,找一个有心人,让它在不可知的地方得到敬重和疼爱。

常见的花店,不是这样卖花的。一只脚刚踏进店,整个身子还在外面,就有人急急地上来问,是婚庆?是生日?是送情人?一连串的疑问,噼噼剥剥地飞来,然后对着满店颜色各异的花,作各种猜,是这种?是那种?你总要先定神,然后再定睛,才能看花。这有什么不好吗?也好,店家服务的热情,像涌浪,一波接着一波。

两种卖花的方式,都可行。也许有人喜欢第一种,也许有人喜欢第二种,也许有人两种都不喜欢。生活像一个多棱镜,从不同的角度,总能看到不同的景。人在生活中,也会不自觉地站队,站在自己认可的队。

恰同学来访,除水果外,用玻璃纸包一枝玫瑰给我,紫色的朵,重叠的瓣,似开未开,一副娇羞可人的模样。我是爱紫玫瑰的，热烈而沉稳。算是投我所好。

我随手把它插在瓶里，想试试和乒乓菊搭在一起的感觉。天哪，乒乓菊的神采瞬间消散，那圆圆的朵，一下子僵硬起来，我似乎听到满屋子的尖叫，来自乒乓菊的惊诧。温柔的玫瑰活成了"女汉子"，硬生生地挤进别人的地盘，大的朵儿，显得有点突兀。

《浮生六记》里的芸娘，林语堂说她是"文学史上最可爱的女人"。的确，有关插花，她也有自己独到的见解，具有非同寻常的审美。插错花，像乱弹琴，花朵会黯然失色。

一朵花，多吗？不多，可是那个瓶子里愣是容不下它。是玫瑰不美吗？不是。站错队了！

这时我也恍然，别人的世界，也是队伍，如果容不下你，也不必硬要挤进去。

你的世界，也是队伍，也有人想挤进来，不是吗？是不是有人，想和你挽手，行走在燃烧的枫树下；是不是有人，约你看山道边开得嘈嘈嚷嚷的野花？盛情邀约竟会成为负担，只因不是一个队伍的，没有对错之分。

后来，我把玫瑰重新插在一个白色的瓶子里，像雪团上燃烧的火焰，玫瑰一下子来了精神，光彩焕发，芬芳迷人。

一个人的圈子无所谓大小，快乐就好，可以像瓶中的插花——乒乓菊，热热闹闹，也可以像一枝玫瑰，孤单而不孤独，你看它密密层层的心事，饱胀得像要破裂似的。

白糖拌腐乳

白糖拌腐乳？有没有搞错，真的没有，只是提醒大家，再滴些麻油，味道更妙。这是芸最爱的两道下饭菜之一。

芸，即陈芸，出自《浮生六记》，是沈三白的妻，也是林语堂眼中"中国文学中最可爱的女人"。

林公学贯中西，著有现代版《红楼梦》之称的《京华烟云》，是他旅居法国用英文写成的长篇小说。什么样的女子他没见过？能入他慧眼的女子，自然也不凡。

南方几个城市，无糖不欢。无锡是出了名的甜，苏州和它并列，不分伯仲，处处要留甜滋味儿，包子加糖，排骨加糖，听说腌渍蒜薹也全是白花花的糖，这些倒也不吃惊，让人吃惊的是谁吃过白糖拌腐乳？连土生土长的苏州人沈三白也不解，调侃为"粪便"，可见如此吃法，在无甜不欢的苏州也属小众之列。

芸听夫君如此尖刻的说法，解释道："腐乳的好处是便宜，而且下粥下饭两便，我小时候吃惯了，如今嫁到郎君家里，已经像是蜣螂化蝉,算得飞升高举了。犹且爱吃这个,是因为不敢忘了本来出身。"

耐得穷,守得富,也是一种品质。

封建时代,女子位卑,芸努力在夹缝中寻求舒展的空间,处处在生活中拌以"白糖"。她女扮男装逛夜市,借机畅游太湖,菜花黄的时节,爱好风雅的沈三白苦于冷酒冷菜,坏了赏花的兴致,她巧用心思,雇佣担子,让清代一群文艺男青年,在郊外看花时也能喝上热酒,吃上热饭。就是放在今天,这也是一次让人垂涎的户外活动。更让人赞叹的是,他们还实行了AA制,芸笑道"你们各自带好份子钱",可是明证。作为女文青的芸,忙前跑后,更是户外活动时的一缕花香。

我觉得赏菜花时的芸,发髻边也该插有一朵,这才符合她的性情。在生活中她是爱戴花的。茉莉花开时节,她鬓边插花,和沈三白联句来排遣郁闷情怀。兴致高昂时的沈三白,自有男人的"小坏",东拉西扯,随口乱说。她笑倒他怀,扑鼻的花香,颠覆他对茉莉花香的认知,认为只有她戴着沾有油头粉气的茉莉花,才香得更可爱。也是撒了一把狗粮,羡煞了二百多年后的你我她。

有人说,好女人能把平淡的日子过出糖的味道,芸算是加糖的一把好手。

沈三白曾感慨,像芸这样会心的女子,现代也是少见的。这个"现代"是指清代。我也想说,像芸这样会心的女子,放在二十一世纪的现代也是不可多得的。

"有人会问,女孩子上那么久的学,读那么多的书,最终不还是回一座平凡的城,打一份平凡的工,嫁作人妇,洗衣煮饭,相夫教子，何苦折腾？我想，我们的坚持是为了，就算最终跌入烦琐，洗尽铅华，同样的工作，却有不一样的心境；同样的家庭，却有不一样的情调；同样的后代，却有不一样的素养。"

这是杨澜有关女孩读书的话。

我相信，芸能成为"中国文学中最可爱的女人"，离不开"读书"二字。读书对一个女人的作用，除杨澜所说，我还觉得，同样的食材，读了书的女人，也会有不一样的吃法，如芸这道拌了少许白糖的臭腐乳，再滴几滴麻油。

第三辑　人闲花落

秋风起芦花白

据说江南的芦花，白，像雪。在苏北，我很少看到像雪一样白的芦花。那是怎样的一种颜色呢？浅浅的灰里融进淡淡的白，是灰白，秋风起，欲离杆而去，想和天上的云，私奔。在我眼中，这是一种向往自由的颜色，你可以说它是轻灰，也可以说它是浅白。姑且，我说它是白色的吧！

秋风起，芦花白。

秋天，因为菊的盛开，不少人家的庭院，打了灯笼似的，亮堂堂的，一朵朵菊，闪烁成明媚的眼睛，成为蓝天丽日下，秋天最美的倩影。但你在人家的庭院，见过摇曳的芦花吗？这丝毫不影响人们对芦花的厚爱：芦花入了诗，"枫叶荻花秋瑟瑟"；芦花入了民间小调，《拔根芦柴花》；芦花入了小说，《芦花荡》（作者孙犁）……当然，芦花也和菊花一样，忙得是不可开交，在油画、国画、水粉画等各类画之间，进进出出。

芦花是远离庭院的，它属于大地长天，属于荒郊野外，属于苍凉寂寥。有芦花的地方，就有秋波潋滟，就有水湾清浅，就有飞鸟翔集，就有长风孤寂……也只有那里的芦花，才有看头。

城市变胖了，变胖的城市，总是被芦花远远地抛在灯火辉煌的地方。我刚搬到现在所居的小区时，楼前就有一个方塘，水，清清亮亮，四周围长着密密匝匝的芦苇，绿色的流苏似的，风过，沙沙作响，像竹子在唱歌。秋天，棵棵芦苇，举着轻盈的芦花，柔柔地摇着，真是一道迷人的景致。有一天，一个老人经过，见此，说自己小时候，家里穷，冬天时，就摘芦花把鞋子塞得满满当当，然后脚插进去，不一会儿就暖暖和和的了。哦，芦花，在寒冷的冬天，还像母亲的手，带来温暖。

不久，小区里的楼，一幢接一幢，春笋似的，迫不及待地长高长密。池塘越来越小，芦苇只剩三三两两，后来连一片苇叶也不见了。

三三两两的芦苇，我是不喜的，因为缺乏一种呼天唤地的气势。我心中的芦花，是一大群一大群的，像牧羊人遗落在野外的羊群；我心中的芦花，是一大片一大片的，像是天上走丢的云朵，也像是波涛翻滚的大海上调皮的浪花。

"蒹葭苍苍，白露为霜。所谓伊人，在水一方。"

芦苇也是从《诗经》里走来的，湿漉漉的，散发着古典女人温暖的体香。

"人是一根会思考的芦苇。"法国的思想家帕斯卡尔说。可见，芦苇不仅植根在中国人的心头，也在外国人的心田摇曳。

德富芦花，是日本近代著名的社会派小说家，散文家。我特意看了德富芦花的像，单从相片看，有日本武士的风采，这样的男人会喜欢芦花？看了他的生平简介，读了他的作品，觉得他是真的爱芦花，这种爱是从骨子里迸发出的。清少纳言，是日本平安时期著名的女作家，她这样写过，"芦花没有什么看头"。德富芦花这样回应，"而我独爱这个没有什么看头的芦花"。

  他不仅爱芦花，而且他人生中还有一个阶段，像芦花一样生活。1907年，深受基督徒母亲的影响，已经皈依基督的德富芦花去耶路撒冷朝圣，回国时专程去拜见托尔斯泰。他全盘接受托尔斯泰的思想，反对战争，主张和平。大概是受托尔斯泰的影响，归国后，在东京郊外，他像一介农夫，开始晴耕雨读的生活。想必在那样的日子里，闻得到芦花气息的德富芦花，似庄周梦蝶，不知芦花成了自己，还是自己成了芦花。

  芦花的颜色是单一的，芦花的身姿是纤细的，芦花也不像真正的花儿，有花蕊，散发清香，但它却像花儿一样，入诗，入画，入人心。为什么？是因为它喜欢远离人烟，在秋风中，唱着只有大地长天才能听懂的歌？是因为它择水而居，常揽镜自照，明晰自身不足？是因为它固守贫瘠的土地，也执着于一个纯净的梦——在秋天结一穗轻盈、洒脱、飘逸的花？这些，谁能说得清！

  枫叶经霜红，梅花透雪香。
  秋风起，芦花白。

一颗诗心

那一年，因为是代课老师，没有编制，我最终决定，走进一家国有大型化工单位，成为一名在编的国企工人。经过三级培训，我上岗了。当时工段长分给我两样工具，一把大铁铲和一把扫帚。我每天的工作，就是把地面上雪似的碱尘，扫成一堆堆，然后用铁铲铲起，举过头顶，送往奔腾不止的皮带架上。

八小时下来，我浑身上下落满了细细的白色碱尘，这些细而咸涩的粉末，还以不可阻挡的态势悄悄地染白了我的眉毛，染白了我裸露在外的肌肤，整个人像一个淘气的孩子，弄洒了家中的面缸。最为恼人的是现场噪声很大，成日像过飞机，搅得人心绪不宁。

由于长时间和碱打交道，我双手变得粗糙不堪，头发枯黄没有光泽。我很悲观，不知道这倒霉的日月什么时候是个尽头。上班时我萎靡不振，常常是歪戴着帽子趿拉着鞋，坐不像坐，站不像站，一副心神不宁的样子，其实在我心里许下了"坚决不改"

的誓言。这种恶劣污浊的环境,值得我如此地修饰自己吗?那个披着柔顺的头发,衣着粉色的连衣裙,从校园小径昂首向前的女孩是我吗?低头俯视眼前的铁铲,我犹如做梦一般,可这不是梦,这是真真切切的现实啊,我就是一名皮带工。

不久,我多了一个搭档,从另一个车间调来的,一个原籍上海的女孩,她的父母是下放知青。上海成为他们心中永远的梦。她常常挤时间光临上海,好像害怕日子久了,就被这个城市遗忘了。她去的时间不是很长,来去匆匆,蜻蜓点水似的,但是每次回来,精神都像受到了滋润,人也像刚刚洗涤过的小青菜,水灵灵鲜嫩嫩的。

我俩干着同样的活,穿着同样的工作服,但是给人的精神面貌就是不一样。她的工作服干净整洁,最惹眼的是她常常在脖颈间,系一条色彩柔和的丝巾,她说这是多年前流行的东西,现在过时了,扔了怪可惜的,用在这里算是"废物利用"。典型的上海式小聪明。

这一抹柔和的颜色像绽开在荒漠间的一朵小雏菊,鲜艳夺目,枯燥无味的工作环境因此有了不少的生气。

每次干过活,她都会很精心地修饰一下自己,重新把头发梳一下,用沾水的毛巾细细地擦脖颈间、脸颊上的碱,然后从口袋掏出一小盒油脂,翘着纤细的兰花指挑一点,放在刚刚擦过的地方,用手轻轻地柔柔地按摩,按摩过的脸像被雨水滋润过的花瓣,娇嫩润泽。紧接着是用护手霜,在手背上来回地搓揉。最后她会拿出一面椭圆形的镜子,左边照照右边看看。在我看来这些烦琐的细节,有点像是在做无用功,因为在两小时后我们又要进行下一轮的劳动。

就这样在噪声、氨味、碱尘中，我们以截然不同的方式生活着。有一天她从口袋里掏出两个橙子，她一个我一个，我不由分说，摸起就咬，然后嘴巴像吸铁石那样，紧紧地吸在橙子上，吮吸里面的果汁。只见她不慌不忙地摸出一把精致的水果刀，小心翼翼地把橙子切成月牙似的瓣状，然后伸出葱白似的拇指和食指，轻轻地捏起两端，像端着一柄美丽的口琴，红润的唇微微张开含住了嫩黄的果肉，在瞬间我觉得这很美，像一幅精心描摹的画，她分明是画中的一个美人。

她比我先一步摆脱车间那个污浊不堪的环境，她走时，我才知道她一直在利用业余时间学习时装设计，并且取得了不菲的成绩。她辞去工作后的目的地，是上海一家时装公司的设计室。

在她的启发下，我决定报考自学考试中文本科，用三年时间我终于取得了本科文凭。这在我当时工作的那个车间，算是轰动一时的大事。

走出车间多年后，蓦然回首，我仍然无法忘记噪声、粉尘中那个精致的吃法，那缕在氨味中苦苦挣扎着的淡淡的化妆品的味道，和花香那么相似，尽管它是那么的微不足道。

在生活中，一个人讴歌生活的方式是多种多样的，诗人用诗，画家用画，歌唱家用歌。一个普通的劳动者能在汗流浃背之余，把粗糙的生活诗化、细化，算不算也是一种讴歌的方式呢？用一颗诗心对待自己的生活，一切都会美好起来。

在矮墙上睡觉

在矮墙上睡觉,有这样经历的人应该不多。

发现这个矮墙,是在一个很偶然的时间。那时我是一家国企化工厂的倒班工人,从事重体力活。

厂区很大,在食堂的拐角有一个花坛,足足有四五间房子的面积大,方方正正,花坛四周有红砖砌的矮墙。矮墙有普通的板凳宽,一尺来高,平面已被水泥抹平,光滑滑的。在这里,看不到我工作的皮带机房,声嘶力竭的机器声,也被我甩在了远处。在工厂,宁静会成为生活的奢侈品。怎么不是呢?机器的吼叫是干巴巴的,一点儿也不带柔性,白天叫,夜里叫,声音把两个耳朵都涨得疼。

自从发现这处矮墙,午饭后,我就偷偷地来到这里,休息半小时,只能半小时,算是小憩。因为这时车间管理干部下班了,我们这些工人才能趁机放松一下。这里空气比皮带机房清新得多。胳膊粗的树下有一片绿荫,我静坐在有绿荫覆盖的矮墙上,想工厂之外遥远的事，看天空自由飘荡的云。当然想的更多的是，我什么时候能有份轻松点的工作。

决定睡在矮墙上，也是有挣扎的，毕竟是一个年轻的女人，毕竟睡在光天化日之下的矮墙上也不雅，但那天我真的太累太累，散了架子般的累，矮墙成为一张床，诱惑我必须躺下，否则我就能听到自己骨头哗啦啦的散架声。

工作岗位是一间仅有几平方米的小房子，里面有一张满是划痕的桌子和一把椅子。门后就是我的劳动工具，一把比我个子还高的大铁铲，和一把比我矮不了多少的大扫帚。那天皮带跑偏了，皮带上的碱，我眼睁睁地看着它，噼噼啪啪地往下掉。皮带一百二十多米长，皮带架上铺的是铁板，上面很快落一层厚厚的碱，灼人眼球的白，尤其是皮带机头，一座座白色的小山戏剧性地堆起。没有经过煅烧的碱，含水量大，氨味直往鼻子里钻，熏得眼都睁不开，只能眯成一条细线。为了不影响生产，我和车间男工一道必须抢活，如果造成停产，麻烦就更大了。一下，两下，一开始还可以轻松地把碱扔到奔跑的皮带上，最后连端的力气都没有了……

矮墙经过阳光曝晒，热乎乎的，我躺倒的瞬间，疲乏的身子，像有千万只小手在轻轻地挠，一丝丝温热悄悄地，从背部开始水似的蔓延，沉重的身子，渐渐地变轻了，变轻了，羽毛似的。在窄窄的矮墙上，我找到了睡在床上的感觉。从那以后，只要是有太阳的日子，午后我都会来到矮墙小睡一会儿，有时随身带几张报纸，先是读读报，然后把报纸铺在身下，脸上用报纸盖着，遮光。铜钱大小的光斑，在报纸上轻盈地跳跃，而我的心情却格外的沉重。

十多个民工,有男有女,他们齐刷刷地躺倒在树荫下,睡觉,姿态各异,有的堪称不雅。这是夏季燥热的午后,我去小区拿快递时看到的一幕。这群人是给小区修补路面或修剪花草的民工。仅仅是走在拿快递的路上,我已大汗淋漓,想想他们还要在大太阳下辛苦的工作,那滋味该是五味杂陈。

树上,蝉声嘈嘈杂杂;树下,偶有高低起伏的鼾声传来。

路人有投去不解的目光,也有小声嘀咕的,说非得在这睡呀!

几年后,时机成熟,我离开工厂,从事作文培训工作。事隔多年,我偶尔会想起自己在矮墙上睡觉的那段时光。如果没有被生活挤兑过,我哪里会理解,别人眼中所谓的苟且,其实背后充满太多的无奈和不甘。

清晨,漫步在园子里,见蝉蜕后留下的壳,薄薄的,亮亮的,像精致的艺术品。每一只蝉的身后都留有空空的壳。每一个蜕变的故事,都扯着一个字——痛。然而,有多少人像蝉一样,把蜕变时的痛深埋心间,只顾在枝头卖力地歌唱……

你今天的笑容有多灿烂,你从前流下的汗水就有多腥咸。

小街连云

写给冬天

顶着冬的名义,没有尽冬的义务,是失职吗?算了,不要责怪,也许它有一肚子的苦衷,却不知如何开口。是臭氧层捣的鬼,是汽车尾气作的妖,还是人类的活动触动了哪根神经?世间的美,只因有太多的问号。

一

冬天,这气温,迎春花懵了,想大大方方开,又不敢,因为这可是进了数九的时节啊!别人会怎么说?往年这个时候别说开花了,冻得腰都弯了。说不开吧,这个气温又让它按捺不住,满腹的心事,被温暖的风撩拨得鼓胀起来,不吐出来憋坏了,怎么办?

行人看迎春花羞羞涩涩地开了,都拿出手机啪啪地照,笑声水一样溅到花枝上,迎春花的胆子大了起来。从迎春花旁走过,我想笑却不敢笑，我担心笑声惊动了路边的野花，它们要是噼里啪啦全开了，那我春天看什么？

二

雪该乱舞了，洁白的雪地该有清晰而零乱的脚印了，化雪后的地，该是乱得一塌糊涂了。

雨来了，雪不知跑哪儿疯去了。雨，滴滴答答，呜呜咽咽，受气的小媳妇似的，这可是冬天哪，怎么流的是春天的泪？

我说有什么用？雨可不听。你听，它还是滴滴答答地下着，不紧不慢，张弛有度，用春天的力度。本该冻得咧开嘴的土地，紧紧地捂住嘴，不敢笑。地里的月季花，可是忍不住，笑开了，有的脸都笑红了，有的特别可笑，把脸笑黄了。

三

白天矜持的大黄猫，晚上完全变了样。莫言说，人一旦上了网，就会厚颜无耻。那是因为没用真名，有了假名作遮羞布，就可以胡说八道了。猫也不是个东西，有了黑夜作遮羞布，春情澎湃，叫啊叫啊，声音或高或低，颤抖的声音里浸透湿淋淋的哀愁……

另一只猫也开始叫了，其他的猫也叫了。漆黑的夜空里充满了诡异，听的人汗毛都竖了起来。

有人忍不了，向花园里扔了石块，猫只是停了一下，又扯着嗓子叫开了。它的春天才刚刚开始，一块石头怎么就能赶走？

四

夏天时，我就做好了计划，那就是今年冬天我决定做一个勤快的女人。于是，我买来了猪肉，要做腊肉；买来了鸭，要做风鸭；买来了鸡，要做风鸡……

食盐、花椒、八角，在热热的锅里翻来覆去地炒，厨房里的香味打着旋涡。哎呀，日子真美妙！

把猪肉、鸭、鸡放在炒好的食盐、花椒、八角里狠劲地搓，然后挂在阳台，一排排，这可是一幅只有冬天才能留存的画。

《舌尖上的中国》，蛊惑了多少女人的心，想把一厢情思，化作餐桌上的美味，缭绕唇齿间。

美食和美味的制作，并不是只需要一双巧手，还需要气温的配合。

像今年冬天，做出腊肉的味道，香否？我看比较玄。

五

冬，多了一个"暖"字，人间有点乱了。有人怀想小时候把家门封住的那场大雪，有人怀想奶奶做的那双胖成球的棉鞋，还有人怀想母亲在白色的蒸汽中，捧出的那道热腾腾的菜……

"四时与日月,万物各有常。秋风已一起,草木无不霜。"来年秋天,白露为霜?今冬,因一个"暖"字,让我为来年的草木捏一把汗。

小街连云

春天的花儿为谁开

武汉大学校园内的樱花，全国有名，尽管我曾不止一次下狠心前往，但由于种种原因一直没有成行。

兴化油菜花，我倒是去看过。

每到春天，我所居住的苏北小城，各家旅行社爆米花般，接二连三地推出一日游，通往兴化的车，满载着蝴蝶般的美梦。一个个兴冲冲地奔过去，一个个又采得满怀阳光似的奔回来。油菜花，谁没看过？其实看的是那股气势，那股成片成片，惊天艳地的气势。

花事来袭，一切都要让路。去年，我和女友义无反顾地抛弃手头的一切俗事，直奔兴化，看花去。

垛田上的黄花，汇成金色的海洋，荡起金色的涟漪，一波接一波涌向天边，依稀听得到潮声，浓浓的花香，也在暖风中翻滚。此时，穿行在黄花间的男男女女，也都快乐成一朵朵流动的花朵。

谁说醉人心的只是金黄的油菜花？两个女人间噼噼哗哗的倾

诉，也是心底流泻出的花儿，香喷喷的。大家平时各自忙碌，哪有那么多时间相聚？是花义无反顾把我们约到一起。花是什么？是七彩的丝线，是闲聊时的下酒菜，是推开烦心事的纤纤素手，是一切美好的化身。穿行在金黄的油菜花间，我们一会儿俯身看花，一会儿把话题扯到遥远的过去，有眼前触摸得到的清欢，有飞逝走远的昔日情怀，喜乐和怀旧一路相随，连身边的花儿都成了倾听的密友，在风中摇着身子应和。

兴化的油菜花自然会零落成泥，成为下一个春天的期待，在相携赏花的时节，我和女友的友谊之花得到了实实在在的滋润，这是赏花时节的又一收获。

因为新冠疫情，我们宅在家已经有一段日子了，早先吹在脸上的寒风，此时从窗外俏皮地扑到脸上，已有丝丝缕缕的暖意，花们已攥紧拳头，准备把酝酿一冬的心事释放。

今春兴化的油菜花也会开得欢吗？宅在家百无聊赖的女友和我煲起了电话粥，回忆去年到兴化赏花的事，连走错路这件糗事，都蘸了花蜜似的，变得香甜起来。

这该是宅在家的第N天了，早晨，坐在餐桌前的我，自言自语："今春的花，比较可怜，因为没有人去看它了。"

这一句我自认为没有多大毛病的话，竟然成为我小孩发火的炮捻子，她义愤填膺，平素文静的她，冲着我噼噼啪啪放鞭炮似的一顿猛轰："你太自大了吧？你以为花是为人开的吗？它是为自己开的，就是没有人看，它照样盛开。就像你，是为别人活的吗？……"

我被怼得瞠目结舌，一下子不知说什么好了，只是在脑海中迅速地自问，那花是为谁开的呢？

孩子见我窘样，还不解气，说："人就是太自大了，总以为自然界中的一切都是为自己服务的，花是为人开的，野生动物是为人准备的，名山大川是留给人征服的……真是自作多情！"

是的，我们是不是太自大了呢？摇曳在深山里的野杜鹃，千方百计要挖下来栽到自家庭院；那只在芦苇荡闲逛的野鸭，无辜地倒在捕猎者的枪口下；林中自由飞翔的鸟，懵懂地钻进人精心编织的网……

眼下，春天以不可阻挡的态势，涌向人间，从南到北，各地不断传来花开的消息，如某地盛开的万亩梨花，染白了几座山头；某地绽放的桃花映红了天边；某地怒放的油菜花开成一块巨幅地毯……这些画面，不止一次出现在电视上，无一例外，都是从高空俯视，一看就是无人机的杰作。漫天的花海中，何曾见到人的影子？

无人欣赏的春天，花就不开了吗？

"桃花一簇开无主，可爱深红爱浅红？""驿外断桥边，寂寞开无主。""墙角数枝梅，凌寒独自开。"……

天哪，花为谁开，我们的老祖宗已经给出了答案，但我仍心有遗憾。

有人说，今春不添乱，从网络、电视上赏花吧！有关武大的樱花也传来官宣，不对外开放，开通免费"云赏樱"渠道。

是的，争奇斗艳的花朵，可以从屏幕飞向我们，直晃眼，但我们能捕捉到那丝丝缕缕的花香，能享受香风吹拂下的窃窃私语吗？

第三辑　人闲花落

"和羞走，倚门回首，却把青梅嗅。"念及李清照的这句词，我心中不是滋味。

人们闭户不出的这一个月，是"花自飘零水自流"，动物们又如何呢？城市里的流浪狗，组团到马路上遛弯晒太阳；一只误入国道的野生大熊猫，在悠闲的散步；一只野生白江豚罕见地出现在某综合试验区戏水……

种种迹象表明，没有人参与的世界，并没有多糟糕！

今春，我在思念一种味道，有关兴化油菜花的。我想，一定有人在思念樱花，思念武大的樱花。观花闻香，本是一件多么轻松风雅的趣事，但今春却有点沉重。

当人类想笑对生活时，断然不能让别的物种哭。

此刻，我怅然地透过玻璃，看窗外怒放的花树，开得喧腾而热闹……

小街连云

甜蜜的负担

过完寒假，闺女整理包裹要回校了，临行前她指着一盒面膜对我说："老妈，送给你了。"天哪，为什么送给我？还用问，一定是她买后又后悔了，我称之为失手。闺女还小，估计以后失手的事多着呢！哪一个女人不是在失手的路上摔得鼻青脸肿？我说，行。不过我心里嘀咕，这么多哪天用完？紧接着她又轻描淡写地对我说，茶几上的椰子粉也送你了。对这个我没有排斥，椰风挡不住嘛！我喜欢椰奶的味道。

闺女回校好长时间了，这盒面膜一动未动，简直是甜蜜的负担，我哪有时间敷。天亮我躺在床上时想，起床后敷面膜吧！起床后有一百样事等着我，敷面膜早已被抛在脑后。然后我又对自己说，下午吧！结果下午也没有时间。后来好不容易敷过一张，算是减少一点损失。

有关面膜，我的好友李老师说："王老师你千万不要相信面膜，那都是广告，我用过一张几百块钱的面膜，香港的，还是那样。"李老师并不知道闺女送我面膜的事,这是她生活中的小感悟。我估计她之所以花那么多钱买面膜,一定是看到面膜的功能,说用几次能达到换肤的效果。对面膜我不迷信,买的也不多,纯粹是用来消遣的,兴致来就用,兴致走就让它歇着吧!

在闺女送我面膜之前,我已经买了一盒面膜,是泰国产的。闺女见到后惊得嘴巴都圆了,她说:"老妈,你怎么知道这款面膜火的呢?网上卖疯了,我们学校不少女生用。""我哪知道它火啊!就是瞎买的。"我实话实说。闺女不相信。类似事也有,她见我买某样东西会很笃定地说,现在很流行。我会很无辜地说:"我哪知道流行啊!"本来是真话,确实是误打误撞,在闺女听来我是自夸,以此表明自己对流行高度敏感,有时尚嗅觉。后来我不辩解,霸气回应:"怎么的,不小心就碰上了。"她撇撇嘴,一边去了。

这盒泰国面膜还有那么多,我哪有心思用闺女送的。一天看朋友圈,《揭面膜后面的惊天骗局》,其中有一款很火的面膜,分金装和银装,二者成分说明什么都一样,就是包装盒颜色不一样,价格却差一倍多,简直是活坑人。这款面膜竟然就是我买的那款泰国面膜。当时我买的是银装,只因金装太炫了,土黄金的颜色,我不喜欢。好在只是包装问题,质量并无大碍。

天气转暖,枯树、小草都敷了面膜似的水灵起来。看着那一堆面膜我有点发愁。送人吧,包装盒都打开了。送人家几片?显然不合适。

我的朋友张老师给我送过面膜,她老公从台湾带来的,包装精美,据说在台湾,每个女人都以用这款面膜为荣。带回家我随意往柜子里一丢，因为柜子里还有我买的一大包海藻面膜没有用。说不定我给别人送的面膜，命运也如此惨淡。我哪有心思送人？

最近几天，我给自己一个任务，就是趁早把面膜敷了，不然过保质期真的可惜了。至于那包椰子粉，我喝过一次，连糖水都不如，难以下咽，果断扔垃圾桶。

闺女送的东西，我姑且称作甜蜜的负担吧！因为我稍有抱怨，顾先生就非常不满，说我不识好歹，闺女给的东西还嫌弃。在他眼中闺女给什么都应该当成宝贝。

顺便交代一下张老师送我那盒面膜的下落，前几天打扫卫生发现它，早已过保质期。张老师曾问我，那面膜用起来如何，我哼哼哈哈算是回应。生活中有些事不需要说的那么明白，心领神会就可以了。无论怎么说，感谢那些关心我的人，包括送我面膜的闺女和张老师，她们想让我像扯着一面大旗一样，永远走在青春的路上。也感谢我的好友李老师，分享她在美容路上的心得。

第三辑　人闲花落

婚姻如碗

　　我很喜欢这只玻璃碗，倒不是因为它产自印尼，而是因为它的形状、质地、色泽和花纹，与我的心性有一种难以言说的相融。它的形状极像一朵晶莹剔透、昂首怒放的玫瑰花，质地细腻温润，碗外的花纹立体感极强，用手触摸凹凸有致，还凉丝丝的呢！
　　我毫不犹豫地买下了它，尽管价钱比普通碗高出几倍。
　　这只晶亮的玻璃碗，透出的是高贵，是典雅，是圣洁。
　　买回来后，竟不知把它放在哪里才安心。藏在深处似乎可惜了它的光华，放在高处又担心掉在地上碎成晶亮的碎片，成为落满地面的泪珠。日子久了，才为它寻到一个安身之所，那就是碗橱，也就是它最该回到的地方。
　　有时碗装菜时，也会想到它，可是往里面装什么才符合它高贵的气质呢？普通的米饭、面条或稀粥？那真真是委屈了它。思来虑去觉得装什么主食都不配它的高洁。后来决定用它装水果，可惜它不是果盘的形状，总有不伦不类的感觉。还是用它装菜吧！

因为厨艺不精，炒出的菜与色香味俱佳相差甚远，即便装了进去，也没有达到视觉上的效果。所以它仍然委身于碗橱的一角。一个本该用起来的物件，被弃之一边，和废物又有什么不同呢？

有一天，我下班回来，发现老公用它装了玉米粥，我朝他望了望，他用眼神告诉我，不行吗？

我用眼神告诉他，怎么不行啦！

是啊，怎么不行啦！它本来就是一只碗，就是用来装东西的碗。

后来，他又用它盛过鱼装过肉……接着我也如法炮制，不知不觉让它尝遍百味。渐渐地，它已不像当初那么金贵，那么神秘了。

有一天，和老公闹别扭，我一眼瞥见桌子一角的这只碗，当时这只碗里装的是颜色并不鲜艳的腌萝卜干。当初买时，我会想到有一天它会沦为如此平庸的境地，和一只粗糙的蓝边碗平起平坐？经过时间的磨砺，我已能坦然接受它如今的境地。再高贵的东西，高高地举在头上，也是没有生命力的。

我是在瞬间觉得婚姻像这只碗的。刚刚走进婚姻的殿堂时，像对一件易碎的器皿，把婚姻高高地顶在头上，总觉得它里面就应该装满甜蜜。可是世间哪有那么多甜蜜？于是就让它空着，两个人因为寻找甜蜜而发生了许多不甜蜜的事，累了，倦了，流泪了，对当初的选择怀疑了。

海誓山盟的两个人，有一天也会因为一点鸡毛蒜皮的小事，而吵得脸红脖子粗，这是婚姻这只碗里装的第一道菜，又酸又涩。很快两人又和好了，这是婚姻这只碗里装的第二道菜，有甜蜜的味道。后来两人又因为一点家事，动手了，这是婚姻这只碗里的第三道菜，辣乎乎的。一只家常的碗，什么滋味它没尝过？一桩普通的婚姻里，又会浸润着多少种难以言说的滋味啊！

其实婚姻是什么？有人说像这个，有人说像那个，我倒觉得婚姻也像我当初买的这只碗，最初被高高地顶在头上，无论装什么都觉得不配，等到有一天你能很冷静地用它装各种菜肴时，你就能潇洒自如地享受这只碗给你带来的快乐和烦恼，在不知不觉中，你会明白它不会破碎的秘密。

小街连云

乌桕树上开"梅朵"

从这棵树旁经过,究竟有多少次?说不清,真的说不清了。一年中,每个月,至少要走几次的。注意到它,却是今冬。

我的先生,顾先生,一贯是波澜不惊的人,那天他颇为吃惊地说,那是什么?顺着他手指的方向,我看到树枝上点缀一团团洁白的花。那是一棵干枯的树,没有梅树的姿态,却开出了梅花?该是雪花吧!天朗晴得差点笑出了声,雪花绝对是绷不住,定然要融化的。我断定不是雪,可它一簇簇,一撮撮,白白的,在枝头,分明就是雪攒成的呀!

冬至已过,山间的树,基本没了隐私,经过风一次次的撕扯和剥离,大多赤裸着身子。对树死缠烂打的青藤,已只剩一把枯骨。这个季节的山,是寂寞的,寂寞得像死了一样。只有枝头的鸟,还爱着它,恋着它,在干枯的树上,蹦跳着,鸣叫着,想把它吵醒。

我想弄清枝头的那撮撮白,于是靠近了这棵树。

第三辑 人闲花落

这是一棵离山路只有几步之遥的树。枝叶繁茂的季节，它是什么样子？怎么记得清呢！春天，一棵棵树都绿得像深潭，像锦缎，至于开什么花，也不是太在意。枝叶葱茏的季节，地上的花花草草真是热闹啊，一个个忙忙碌碌，穿红着绿，披挂上阵，人就像赶场子似的，也看不过来。至于树上的花，留心的人是不多的。我也是。

从它身旁经过多次，甚至连叶子的形状，我也是说不清的。

今冬，它让我惊诧了，树上结满繁花似的果子！我靠近了它，只见枝上的果子，一簇簇的，三粒挤在一起的居多，像精致的梅朵，白梅朵。从低处摘一簇下来，才发现那粒粒梅朵，光滑滑，圆润润，像被爱惜它的人用手柔柔地盘过，又小心翼翼地攒成，其实这怎么可能？满树的"白梅朵"呀，像玉石雕刻出来似的。

这是什么树？

云台山，河南也有云台山，今天我说的是，我们江苏连云港的云台山，山上古树名木众多，哪里都叫得出名字呢，尽管它们都是有名字的。置身山林，自信满满的我，泄气了，往高处看看，往低处看看，曾经自以为熟透的世界，现在满眼都是陌生。是的，一棵棵树，飒飒地站在眼前，不说话，只是晃了晃了叶子，人就不知所措了。

在这棵冬天开满"梅朵"的树前，我让脑海中有限的有关树木的知识，翻了几个跟斗，最终还是一无所获。

当然，我最终知道了它的名字，柏树，也叫乌柏，因乌鸦喜食其子而得名。《本草纲目》中有描述。那白色的梅朵，就是柏实，乌柏的果实。

"偶看柏子梢头白,疑是江梅小着花。"这可是古人的诗句啊!我浅薄了。

也就是说,它一直是在的,穿过厚厚的岁月烟云……它们一直在,不辜负每一寸光阴,春天,该绿时,翡翠加身;秋天,该红时,赤于丹枫。每走一步,都稳妥;每走一步,都诗意。在万木凋零的冬天,它最终捧出满树如花的果实。

哲学家说,人是会思考的芦苇。

有人说,人也像是一棵会行走的树。

在这山溪清瘦的季节,一棵树,举着满树的果实,粒粒圆润而饱满,静静的,像等待一场约会。等待谁?一场场山风,一只只小鸟,一束束目光……也许,谁也没等,它就是为犒劳自己而准备的!

有鸟飞来,在枝头,叽叽喳喳,嘈嘈切切……鸟声,在山间水似的溅起,流淌的风从林间穿过。鸟的歌唱霎时像浸入纸的油晕,慢慢地向四周晕了开来。枯黄的草木,都在凝神谛听这天籁之音啊!

这一切,真是惊艳了时光。

想想,在我们看不到的角落,会有多少这样的美好,一直存在着,犹如这棵乌桕树,静静地举着,满树的"梅朵",一直在,一直在呵!

第三辑　人闲花落

又见桃花开

　　三月，大自然撕扯下一片片红色的锦缎抛向人间。桃花开了，满天满地，惊艳了日月，惊艳了山河，也着实惊艳了炊烟袅娜的人间。

　　那天，我决定带一群学生去桃树林赏花，八九岁的孩子，一个个小鸟似的，扑棱着双臂，在桃树林疯玩，一会儿跳到东，一会儿蹦到西，眼睛望天望地，就是不望桃花，嘴巴里叽叽喳喳，就是不谈桃花。他们把桃花冷落了。

　　我一遍遍地说，认真看啊！认真看啊！他们眼睛飞快地越过桃花，说看过了呀！看过了呀！接着是，这个孩子惊异地大叫，瞧，幸运草长出来了。那个孩子尖着嗓子嚷道，这开白花的是什么树。问题多得像数不过来的花朵，唯独与桃花无关。

　　我看着这一群孩子，心里发怒，可是有什么办法？在桃林，我的眼里只有桃花，桃花粉粉的色，圆圆的朵，润润的瓣，香香的蕊……在桃林，孩子们的眼里，桃花十足是配角，他们总是能透过满树的繁花有着与桃花无关的发现，而那个发现在他们眼中，远远赛过眼前盛开的桃花。也许这就是孩子的可爱之处吧！

想到年少时的我，小鹿一般飞奔在桃花丛，无论大人如何叮嘱，看桃花啊！看桃花啊！却无视身边朵朵的惊艳，任心儿飞向远方。少年不识愁滋味，不懂珍惜，不懂欣赏。

和孩子们看过桃花以后，闺蜜邀我看桃花。那天她脖颈上挂着相机，背上是鼓鼓囊囊的大包，里面全是照相的道具，丝巾、扇子、裙子……一会儿她在这棵桃花前围着丝巾照一张；一会儿她拿着折扇，在那棵桃花前照一张；一会儿换上裙装，脸和桃花贴着照一张……咔嗒咔嗒地拍，恨不得把桃花全部摄进镜头。她说，翻开以前的照片，发现自己老了，可是桃花每年还是没心没肺开得很张扬。老的是人面，不老的是桃花。

一天午后，我独自到桃林看桃花。张爱玲说，桃红色有一种香香的味道。是的，站在桃花丛中，那种香不是鼻子闻到的，是眼看出来的，飞溅的香味，在艳阳下乱飞。桃红色是少女的红颜，是整个春天的情窦初开，是大地长天的精美装饰，是人世间的庄严和妩媚，更是"日暮风吹红满地，无人解惜为谁开。"……

忽然觉得可以带孩子赏梨花，"梨花淡白柳深青，柳絮飞时花满城。"可以带孩子赏菊花，"冲天香阵透长安，满城尽带黄金甲。"可以带孩子赏杏花，"两岸晓烟杨柳绿，一园春雨杏花红。"……唯独桃花不是属于孩子的花。

是的，青春年少，心胸浩荡心事全无，抬头看日月装饰了蓝天，低头看山河粉饰了大地，一切都是那么的美好，绵绵无绝期。而桃花是属于爱情的，与孩子无关。

第三辑　人闲花落

　　三月看桃花去，邀有阅历有心境的人同往。那时，桃花已不单单是桃花，它是一段未了的情，一支悠扬的歌，一个还没开始就要结束的故事……

梨花一枝春带雨

梨花，清新高雅，却被日本女作家清少纳言吐槽，说它是令人扫兴的东西。

她还说，"人家看见没有一点妩媚的颜面，便拿这花相比。"同时她还补刀，"的确是从花的颜色来说，是没有趣味的。但是在唐土却将它当作了不得的好……"

唐土是指我们的大唐帝国。

大唐诗人白居易，将杨贵妃哭过的脸庞，说成是"玉容寂寞泪阑干，梨花一枝春带雨"，一个倾国倾城的美女，连哭过的脸庞也像带着春雨的梨花。拿梨花作比，可见梨花是好看的花。身在日本皇宫的女官清少纳言，对杨贵妃的事，了如指掌，在著作《枕草子》中也有提及。

樱花，是日本人的最爱，那种爱已经融进血脉，像一个刚刚出世的婴儿，生来就依恋飘着乳香的母体。

清少纳言对梨花的见解，属个人喜好，无伤大雅。就像有人对红玫瑰没有好感，说它妖艳，而我国著名女作家冰心先生，有自己的看法，她觉得玫瑰浓艳带刺有风骨，令人向往。大学时的礼堂旁，有一行盛开的红玫瑰，足足馨香了她一生的记忆。她晚年时，几个女作家登门看望她，就怀抱一大束红玫瑰，老人见了一下子来了精神。那天，年事已高的先生，颇有兴致地在花前留了影，成为永恒。因为爱，所以爱。

唐朝诗人怎能轻易地放过梨花呢？他们手中的笔，早已变成一张柔软的网，用来捕捉梨花。杜牧写"惊飞远映碧山去，一树梨花落晚风"；王维写"柳色青山映，梨花夕鸟藏"；元稹写"寻常百种花齐发，偏摘梨花与白人"……

梨花，开在蜜一般的唐土。桃花红，杏花粉，梨花白。当孩子置身春天，在五彩斑斓的花海前一脸茫然时，大人们会告诉他，梨花是白的，像雪。"忽如一夜春风来，千树万树梨花开。"梨花，白成了一道晶莹的月光，温柔地走进唐土的诗歌里，滋润着一代又一代的中国人。

对梨花给予厚爱的，还有我们的邻国俄罗斯，《喀秋莎》里的梨花，开得恰恰好，早开不行，迟开也不行。它除去开得恰恰好，河上那天还要起一层薄薄的白雾，似轻纱，这时透过薄雾看梨花，看喀秋莎，真是美人如梨花，梨花如美人。

当然，这是后来发生在俄罗斯的事，平安时代的清少纳言自然不晓得。

爱花有点像爱萝卜、白菜，没有对错之分。如果爱，就扒心扒肺地爱；如果不爱，任凭你说破大天，心里也装不下一朵花，甚至连一瓣也容不下，但这不妨尊重。

在爱情的处理上，清少纳言有自己的尺度，像对待花。

她一生有两段爱情，第一段爱情和一个叫橘则光的男子，她并不爱他，只是被他的勇气和痴情打动，婚后性格差异渐显，最终分道扬镳，后来在宫中供职时相遇，仍以手足相称。尽管不爱，仍给以足够的尊重。第二段婚姻，她毅然嫁给一个和自己年龄差距有如父女的一个男人。对这个男人，她是爱到了骨头里，把他当作鏧进生命里的樱花。婚后不久，男人亡故，清少纳言也旋即落发为尼，从此下落不明。今天的日本，有好几个地方，号称有她的坟墓。这样的结局，似乎就该属于清少纳言这样的奇女子。她清新脱俗，雅致而有风骨，像一朵花，究竟落在何处，让人琢磨不透，但她的文字一直芬芳着日本文学。

每到春天，在春风的鼓动下，神州大地，梨花，一树一树地开，开成动人的风景；一树一树地白，白成炫目的月光。

并不是所有的花，都有人爱，正如你的才华，并不是所有人都赏识，这又何妨？做自己，活成自己喜欢的样子，可以是梨花，可以是樱花，也可以是路边不起眼的草花。不辜负时光，不辜负自己，你就是世上最美的那朵花。

白果树村里慢时光

云山乡的白果树村，是连云港有名的村子，在江苏北部也小有名气。这一切皆因为村内有一棵白果树，已走过千年风霜。而我们此行的主要目标不是白果树。

在白果树村，新民居比比皆是。

连云港靠近云台山的农村，大多是山村，白果树村就是一例。村子倚山而建，不像平原的民居，横成排竖成行。这里的民居，有点像明珠散落，见缝插针，高处的有白云缭绕，低处的和公路相依，高高低低，错落有致。弯曲的山间小路，像拉链，把小村紧密地连在一起，像一件美丽的花衣，披在半山腰。现在村里也有成排的小楼，新农村新面貌，家家楼前铺有水泥路，单行道，开车走人都极为便捷。

白果树村大多数人家的楼房是中式的，两三层居多，带有庭院，庭院中遍植花草。偶见楼房有欧式风情，罗马柱、拱形门窗是山村别致的风景。

在白果树村，能遇到旧院落吗？这个念头在我脑中一闪而过。在我记忆里，连云港山上的旧民居，大多是石头砌墙，红瓦苫顶，石头砌的院落，院中的标配是石榴树和栀子花树，院子外种果树居多。这和粉墙黛瓦的江南民居有大的不同。

我漫步在蜿蜒的山村小路，任裹挟着花香和果香的山风吹个透。寻找旧房子的愿望并不是十分急切，对这个小村子我不是很陌生，我相信旧房子一定有，只是猫在某一个角落，等待发现。

村里，几乎每家房前屋后都种有果树，杏子、桃子、柿子、樱桃，应有尽有。此时正是樱桃落尽，桃子挂果，杏子成熟的好季节，在寻访旧民居的过程中，我多次经过杏树下。树的高处，金黄的杏子在清凉的山风中摇晃。树下也落有层层熟透的杏子，村人见怪不怪，车碾人踩，没有避之也没有躲之，我也只是略有讶异。进了城的杏子，就成了宝物，被装入果篮打扮一新，身价也倍增。这就是生活在山村的优势，物丰民足。

谁不说自己的家乡好呢！但是在这个安静的小村子里，作为村外之人，我心有感慨，那就是希望时光慢下来。希望时光慢下来，我曾对这样的说法怀有质疑，究竟什么样的好，让一个人动了这样的念想，今天的白果树村真的是触动了我的心弦。只有时光慢下来，我才能更好更多地享受，这美好的山村风光。

对生活产生留恋和热爱，常常是在不经意中。一条清澈的溪流，一声悠扬的鸟鸣，一朵鼓着劲开的花……所以人要慢慢地活，哪怕遇到不如意的事。因为在慢慢活的过程中，我们总是能不经意地发现生活中点滴的美好。而美好是人们眷恋的味道。

后来，在浓荫覆盖处发现几片红瓦，我像见到至宝加快步伐。

第三辑　人闲花落

这是一座庭院，正房是几间红色的瓦房，院子是石砌的围墙，这就是连云港以前常见的民居。现在是大门紧锁，庭院中杂草丛生，石头铺成的小路在杂草间隐约可见，昔日缤纷的脚步声，依稀在小院响起，我也好像闻到偏房的厨房里飘出饭菜的香。让我深有感触的是院子里的栀子花树。

栀子花树，过去是连云港山上人家庭院里常见的树种，现在也是。"小楼一夜听春雨，深巷明朝卖杏花。"杏花能否卖，有人质疑，但是在连云港的初夏，无论是热闹的菜市还是静谧的深巷，你都能真真切切地看到卖花的身影。戴花也是这个季节的一景。只要是女的，无论老少，都可以为栀子花狂一把，头上或衣襟上都戴有雪白的栀子花，有的不戴而是拿在手里，"却把栀花嗅"。在这个绿满山原的初夏时节，栀子花以如水的姿态滋润着连云港女人的诗意生活。

而院子里的这棵花，尽管主人不在，却依然开得勤恳而卖力。

今夏，如果主人悄然归来，站在家门前的瞬间，撇开陈旧的红瓦、张扬舞爪的青草，单单是一树怒放的花朵，任他铁石心肠，也会清泪长流……

不过，我还从一些细微的地方发现主人对这栋房子，不是真正意义上的抛弃。门上鲜红的对联，好像让我感觉到每逢春节时，主人抚摸门楣时的那份敬重。

看似荒凉的院落，其实一直有人牵挂，只是肆无忌惮的杂草，趁主人不在，疯狂地长，营造小院被抛弃的假相。是的，如此美好安静的院落，哪能轻易地被抛弃在岁月深处？走出去的主人即便在别处活得有声有色，心里总会为这座小院留下一角，用来思念。

在陌生的小院前，我对房主心生敬意，为小村留下旧日的剪影，让人怀想，也让人展望。据说，上海在老城改造中，就专门留下有一定价值的里弄，保持原汁原味的民国风情。

旧民居，不单单是老掉的房子，它承载着太多的元素，有文化的，有建筑的，有民俗的……

旧的去，新的来，这是发展的必然。

走在欣欣向荣的路上，我们不妨常常回望来时的路。

也许在不久的将来，也有人像我一样拿着相机，趁着微醺的山风徜徉在白果树村，现在我们眼中所谓的新民居，早已成为他人相机里捕捉的旧风景。

生活像海上升起的太阳，像光临江边的春天，总是新的。

后 记

孙悟空了不起，翻筋斗云，一翻十万八千里。

一个文学人也可以翻筋斗云的。这是文学人的幸福。凭借文字，从故乡到异乡，从异乡到故乡，我一直在翻腾着。翻腾出这堆文字，它会在我心底燃烧，但不会成为灰烬。

父亲带我离开村子的那天是黄昏，太阳不知躲到哪里去了，只见西边像失了一场大火，在我颇为惊奇的眼神下，我和哥哥跟随父亲匆匆地告别那个小村子，要赶到城里的学校报名。不久，母亲和姐姐把家中所有的事处理停当，也匆匆赶来，我们一家五口，从此在二道街定居下来。

于我来说，城市的样子是二道街的样子，二道街的样子，也是城市的样子。

我刚刚落脚时的二道街是活泼泼的，小街上飘有来自全国各地的方言，带有上海口音的普通话，一度是主流。早年下放的上海知青，有的想尽办法也没回到上海，只好屈居苏北这个小城，生活在这条时常有云雾缭绕的小街，眺望南方那个热辣辣的大都市。而这个小城给他们带来的也是满满的希望。连云港是中国首批沿海改革开放城市之一。小街，滚动着浓浓的开放气息，人们的穿着打扮丝毫不亚于大城市。

二道街的衰落是从九十年代末开始的，那时城市的规模迅速扩大。城市的发展方向，倒了个，以前连云镇是城市的中心。后来，墟沟这个以前实打实的农村，反而成为城市的中心地带。

城市的发展像是变魔术，连云港的发展也让人眼花缭乱。墟沟，乡气十足的田园风光，被不断长高的摩天高楼，撑得无处可寻。

留在二道街的大多是老人，像我曾经生活的那个村庄，年轻一点的人都搬到了县城。我的父母成为老城的留守者，也是二道街的留守者。我赶时髦般地搬进墟沟，所住小区的前身是一片水稻田。

我和二道街一直是相连的，因为我的父母。

那年夏天，我的父亲，在二道街走完自己的一生。在这个世上，无论我把眼睛睁得多大，都再也看不见那个熟悉的身影。人生不就是一场相聚短暂分别永久的活剧吗？

从生病到去世，他从没有提及那个叫沭阳的故乡，更没有说叶落归根之类的话。在他心里，二道街已然是安放自己身心的小小村落。

庄稼熟透了就要倒下，人到一定的时候，就是熟透的庄稼。我最终接受这样的事实：我的父亲也是一棵熟透的庄稼，倒下才是归宿。

后　记

　　没有父亲的二道街，我很少去，但每每去了，往事就如飞蛾一般扑向我的记忆，几乎所有的往事都与父亲相关。我的胸膛都被往事撑得生疼。

　　我曾是故乡的过客，现在又是二道街的过客。

　　活跃在二道街的那些上海人，早已不见踪影。在我印象里，那些上海人嗅觉灵敏，活得像一群赶花人，哪里五彩缤纷，他们就毅然地飞向哪里。

　　在社会发展的大潮中，人像没有翅膀的飞鸟，总是匆匆地和某地告别，又踏上崭新的土地。我们家的下一代，如我的侄女们已到扬州发展，把扬州当作生活的乐园，连云港已成为她们不折不扣的故乡。

　　我们有多少人，在不知不觉中把自己活成了赶花人？

　　异乡，一个美好的地方，在召唤；一个叫故乡的地方，只能在记忆中找寻。

　　我们又有多少人的一生，就这样在异乡和故乡之间来回穿梭，安顿我们心灵的可能是一个小镇，一个村庄，或一条小街……就像二道街于我，单从肉眼上看，它很小很小，小到我舍不得迈开步子，担心一下子就把它走完。

　　其实，在每个漂泊者眼中，地理上的那个"村庄""小镇""小街"，已经在自己的心里发酵，变成一个无穷大的世界，大到用一生的时光也走不完，就像作家刘亮程，一辈子也走不出沙漠边缘的那个小村子——黄沙梁村。就像寂寂无名的我，用一生的时光也走不出小小的二道街。

　　是父亲馈赠了我这条小街；

是连云区委宣传部，宣传部副部长王遥骋先生，对我的写作给予极大的支持，使我心中的文字，最终移到纸上，成为书的样子；

是我的文友们，在我写作陷入困境时，给予我源源不断的鼓励；

……

因为这本书，我明白"谢谢"两个字，有时是很薄很轻的，不足以表达什么，但我不知还能用哪一个词，表达我心中对他们的感激。